Gonflé à bloc !

DU COMBUSTIBLE POUR VOUS ET VOTRE ÉQUIPE

Wes Beavis

Éditions du
trésor caché

GONFLE A BLOC – DU COMBUSTIBLE POUR VOUS ET VOTRE EQUIPE

Édition originale publiée en anglais par Powerborn, Irvine, CA (É.-U.) sous le titre :
FUEL 2 - KEEPING YOU AND YOUR TEAM FIRED UP!

ÉDITIONS DU TRÉSOR CACHÉ
2-36, rue de Varennes
Gatineau, (Québec) Canada
J8T 0B6
Tél. : 819-561-1024
Courriel : editions@tresorcache.com
Site web : www.tresorcache.com

Traduction : Richard Ouellette
Infographie : Roseau infographie inc.

Dépôt légal – 2011
Bibliothèque nationale du Québec
Bibliothèque nationale du Canada

Gouvernement du Québec – Programme de crédit d'impôt pour l'édition de livres – Gestion SODEC

ISBN 978-2-922405-95-8

Imprimé au Canada

Diffusion / distribution :
Canada: Messageries ADP, Longueuil (Québec), (450) 640-1234
Europe (marchés spéciaux) : WMI Sarl, www.libreentreprise.com

Cet ouvrage est un hommage rendu à la vie de Jim Rohn pour l'inspiration qu'il nous a léguée. Elle continue de faire battre le cœur de ceux qui aspirent à des choses extraordinaires.

En guise de reconnaissance

J'aimerais remercier l'équipe d'entrepreneurs (le groupe FUEL) qui s'est réunie avec moi chaque semaine. Plusieurs des idées pénétrantes et des expériences que vous m'avez partagées m'ont servi de catalyseur dans la rédaction du présent ouvrage. Ne lâchez surtout pas, mes chers coéquipiers. Ce monde devient meilleur avec chaque rêve que vous concrétisez. Merci à Greg et Amy Albertyn de s'être montrés de si généreux hôtes.

Un merci spécial à Bill Schultz, d'IMA Design. Non seulement ton architecture environnementale rend-elle le monde plus agréable sur le plan esthétique, mais ton amitié et ton exemple sont une inspiration monumentale pour moi. C'est vraiment formidable de pouvoir cheminer à tes côtés.

Trois fois merci aussi à Patrick et Laarni Kelly pour la façon dont vous vous êtes engagés avec Ellie et moi, de manière à ce que nous puissions honorer notre appel d'exercer une influence positive dans la vie des autres.

Je veux témoigner mon énorme appréciation à mes éditeurs et correcteurs d'épreuves. Le fait de savoir que je peux compter sur vos talents me donne vraiment la paix de l'esprit dans chacun de mes projets d'écriture.

Un merci additionnel à Peter McGowan, Mike Foster, Julie McDougal et toute l'équipe de PlainJoe Studios, qui ont joint leur expérience et leur talent à mes efforts de communiquer l'inspiration aux autres. Je chéris votre amitié tout autant que votre expertise.

À Mark Lydell, merci pour l'excellence démontrée dans la prise en photo d'une cible en mouvement dans des conditions de faible éclairage ! À Ira et Samuel Lippke, Scott McAlvany et Anne Hjelle, dont la vie démontre tant de foi et de courage, merci pour vos contributions au présent ouvrage.

À tout le monde qui travaille à mon café préféré, merci de m'avoir aidé à persévérer dans la rédaction de ce livre en me gavant de vos délicieux breuvages chauds dans une atmosphère si propice. À Tim, qui en est le gérant, de même qu'aux serveurs et serveuses hors du commun, Jai, Nick, Natalie, Wes, Phil, Adrienne, Timmy Dean, Davey et Megan – vous faites de ce monde un endroit plus heureux, une tasse à la fois.

Le plus grand des mercis à Ellie et à nos fils, David et Zack. Nous formons une équipe formidable. Ce sera le cas pour toujours ! Ne sous-estimez jamais l'effet grandiose de votre amour et de vos paroles pleines de sagesse.

À tous ceux qui lisent mes ouvrages, je suis sincèrement reconnaissant à votre égard. Votre désir de croître et de faire quelque chose d'extraordinaire de votre vie me procure le privilège d'être auteur. Que les mots que je couche sur papier vous aident, d'une manière ou d'une autre, à concrétiser vos rêves.

Finalement, à tous les leaders aux quatre coins du monde qui m'invitent à m'adresser à des auditoires de gens merveilleux, je serai éternellement reconnaissant. Merci de ne jamais lâcher. Même confrontés à des conditions difficiles, vous continuez à honorer votre appel à diriger les gens et à leur fournir des occasions de grandir. Vous êtes véritablement des héros pour moi. C'est un honneur de vous servir.

Introduction

Il nourrissait son esprit du pain
que l'on trouve dans les livres.
Edwin Markham

Mon fils de dix-huit ans est un étudiant acharné au travail et, comme la plupart des étudiants, sa valeur nette correspond aux pièces de monnaie qui se trouvent dans le porte-gobelet de sa voiture ! Lorsqu'il est rentré de l'université aujourd'hui, je voulais lui exprimer à quel point je l'aimais d'une manière concrète. C'est pourquoi j'ai conduit sa voiture jusqu'à la station d'essence la plus près et j'ai fait le plein. Alors que j'étais en train de remplir le réservoir, je me suis demandé combien de fois j'avais répété cette opération avec tous les véhicules possédés durant ma trentaine d'années en tant que conducteur. J'ai fait un calcul rapide et j'en ai conclu que j'avais dû « faire le plein » au moins trois mille fois. Cela signifie retourner trois mille fois pour du carburant parce que mon réservoir était vide.

À certains moments, il m'est arrivé d'être déconcerté devant le prix de l'essence. Il y eut même des occasions où j'avais à peine assez d'argent pour faire bouger l'indicateur de la jauge à essence un cran au-dessus de vide. Certaines fois, j'ai réussi de peine et de misère à me rendre à la station d'essence, évitant de justesse la panne d'essence. Malgré tous ces embêtements, j'ai toujours été conscient du fait que mon véhicule avait besoin de pleins d'énergie pour continuer à fonctionner.

J'aime tout ce que le carburant me permet d'accomplir. Ma reconnaissance à cet égard surpasse ma culpabilité de laisser une empreinte carbone (je regrette !). Voyez-vous, pour la plupart des endroits où je voyage, je ne peux compter sur une pente descendante tout le long du chemin et ces lieux ne se trouvent généralement pas au coin de la rue. Il y a souvent de longues heures d'affilée en droite ligne et des montées ardues lors de mes déplacements. Pourtant, cela n'est pas un problème parce que le carburant me permet de m'en acquitter sans peine. Ainsi, la pluie, la grêle ou le soleil ne m'empêchent jamais de m'arrêter pour refaire le plein de mon véhicule. Et je suis toujours disposé à payer le montant exigé pour ce carburant.

Pour la même raison, j'accorde une grande valeur à la lecture d'ouvrages stimulants, de même qu'à l'écoute de conférenciers inspirants. J'aime tellement me fixer des objectifs et réaliser des rêves. Ainsi, plus grand est l'objectif, et plus j'aurai besoin d'inspiration pour le concrétiser. C'est la raison pour laquelle refaire le plein, pour ce qui a trait à mon intellect, n'est pas quelque chose que je fais dans mes temps libres. Y a-t-il un instigateur de changement qui a du temps libre ? Ainsi, stimuler continuellement mon intellect n'a rien d'un luxe pour moi ; j'en ai besoin pour trouver l'inspiration. Cela me garde audacieux et capable de surmonter les obstacles qui me séparent de mes objectifs. C'est pourquoi j'ai l'habitude de refaire continuellement le plein de paroles inspirantes. Et bien que l'encouragement des paroles d'aujourd'hui risque de s'atténuer aussi sûrement que les effets stimulants de mon café du matin à midi, ce n'est pas une raison pour cesser de boire du café !

Les experts en science du comportement affirment que les humains connaissent la fatigue psychologique. Toute personne qui a essayé de perdre du poids a probablement entendu quelqu'un affirmer que « les régimes alimentaires ne fonctionnent pas ». La réalité est plutôt que ces régimes permettent vraiment de perdre du poids, mais ce sont les gens qui finissent par se lasser de les suivre. Il est plus qu'évident que notre esprit n'arrivera pas terminer la course en comptant sur un seul plein d'inspiration. Il nous faut donc apprendre à surmonter la fatigue psychologique si nous voulons parcourir la distance nécessaire à l'atteinte de nos objectifs. C'est pourquoi nous avons besoin de refaire le plein, fois après fois. Je ne dis pas cela uniquement parce que je suis auteur. J'ai besoin, moi aussi, de remplir mon réservoir de pensées motivantes pour surmonter les obstacles sur ma route. Combien de fois il m'est arrivé de lire un livre et de voir mes pensées négatives remplacées par une énergie mentale me permettant de poursuivre mes efforts jusqu'à la victoire.

> *Savoir surmonter la fatigue psychologique est essentiel si nous voulons parcourir la distance nécessaire à l'atteinte de nos objectifs.*

J'ai également découvert que les livres de motivation ne sont pas nécessairement des cartes géographiques menant à un coffre au trésor. Trop de gens se mettent à lire un livre avec l'espoir qu'il contienne le secret de la réussite. Franchement, l'endroit où se trouve la réussite n'a rien de secret : il suffit d'un effort soutenu pour s'y rendre. Plus souvent qu'autrement, ce qu'il faut pour persévérer dans cet effort est simplement du jus frais nous permettant de passer de la condition de fatigue psychologique à celle de dynamisme intérieur. Le présent livre ne promet pas de résoudre le code Da Vinci de la réussite. Il vous propose plutôt du combustible pour inspirer votre esprit et vous propulser vers la réussite.

Mon livre *Fuel: The Energy You Need to Succeed* (Du combustible : l'énergie qu'il vous faut pour réussir» a eu un écho favorable chez tant de personnes que j'ai décidé de continuer sur cette lancée avec le présent titre : *Du combustible pour vous garder gonflé à bloc, vous et votre équipe.* Il développe davantage le thème selon lequel atteindre la réussite est moins une question d'éviter les obstacles que d'avoir le combustible nécessaire pour persévérer à travers ces éventuels obstacles. Mon intention est de vous fournir le carburant qui vous permette, à vous et votre équipe, de foncer jusqu'au prochain niveau. Quels sommets êtes-vous capable d'atteindre ? Je n'en ai aucune idée. Je sais toutefois que ce niveau est supérieur à celui où vous vous trouvez aujourd'hui. Des jours meilleurs sont à venir pour tous ceux qui choisiront de persévérer pour s'en emparer. Le facteur déterminant sur votre route sera ce qui occupe vos pensées et dans quelle direction ces pensées vous orientent.

Si j'ai acquis une certaine autorité sur le sujet du combustible psychologique, ce n'est pas que je sois passé maître dans ce domaine. C'est plutôt parce que je sais ce que cela signifie de devoir se ranger sur le bord de la route parce que l'on manque d'inspiration pour continuer. Ce que je vous offre ici est, selon moi, ce qui redynamise l'esprit humain dans de telles situations. Au cours de mon propre parcours, quelqu'un m'a aidé à comprendre l'importance de la lecture pour y trouver inspiration et puissance. Sans l'ombre d'un doute, les livres que j'ai lus ont été l'élément clé me fournissant l'énergie nécessaire pour m'acquitter de tout ce que cela exige de réussir. Pour demeurer gonflé à bloc, il faut que nous développions l'habitude de refaire le plein. Le carburant du mois dernier a déjà été utilisé.

Ainsi, comme je l'ai fait pour mon fils aujourd'hui, permettez-moi de remplir votre réservoir à nouveau, de manière à ce vous puissiez persévérer jusqu'au prochain niveau de réussite. Quel que soit l'endroit où vous vous trouvez sur votre parcours, nous cheminons sur cette route ensemble. C'est pourquoi faisons le plein, de manière à pouvoir relever nos défis réciproques et connaître le succès qui viendra comme la récompense de notre persévérance.

Wes Beavis

Chapitre 1
La responsabilité

La réussite à n'importe quel niveau exige que vous en acceptiez l'entière responsabilité. En dernière analyse, la principale qualité que possèdent les gens qui réussissent est la volonté d'assumer leurs responsabilités.

Michael Korda

Lorsqu'un tsunami a frappé les côtes d'Indonésie, en 2004, la vie des frères Ira et Samuel Lippke, ainsi que celle de leur ami, Scott McAlvany, se sont trouvées changées à jamais. J'ai fait la connaissance d'Ira durant une séance photo en 1999, à Long Beach, en Californie. Lui et son frère Samuel sont des photographes professionnels qui se démarquent par leur capacité unique de capter la vie sur photo. Bien qu'ils soient plus jeunes que moi, les actions qu'ils ont posées, après que le tsunami ait frappé et dévasté l'Indonésie, ont fait d'eux de véritables héros à mes yeux. Ce qui avait débuté pour eux comme des vacances de surf leur a plutôt permis de sauver la vie de nombre de personnes durant un des plus grands désastres de notre époque.

Jusqu'à ce que le tsunami frappe, Ira, Samuel et Scott avaient partagé leurs journées à enseigner dans un orphelinat local et à surfer sur les vagues parmi les plus impressionnantes au monde, au pied des falaises Ulawatu. Lorsqu'on annonça aux nouvelles qu'un tsunami avait frappé les côtes de Sumatra, située à deux îles de l'endroit où ils se trouvaient, ils décidèrent de rassembler le plus de fournitures médicales possible et de se rendre à l'épicentre du désastre, Banda Aceh.

Voyager par voie aérienne jusqu'à Banda Aceh se révéla toutefois une tâche plutôt ardue. Pour différentes raisons, le gouvernement avait déjà fermé la porte du pays à toute implication occidentale dans la région. L'étendue des dommages provoqués par le tsunami demeurait largement inconnue à ce moment, c'est pourquoi la politique de porte fermée fut maintenue. Pourtant, les frères Lippke, Ira et Samuel, de même que leur ami Scott se sont acharnés à trouver le moyen de se rendre sur place. Passant d'un fonctionnaire à l'autre, ils ont fini par aboutir dans le bureau du gouverneur de Sumatra qui, après leur avoir fait signer un document de décharge de responsabilité, leur a accordé la permission de pénétrer dans la région. Ils s'empressèrent alors de transporter tout leur équipement et leurs fournitures médicales jusqu'à la base aérienne militaire et ils prirent le prochain avion vers leur destination. Trouvant un endroit où s'asseoir dans le fuselage au milieu des denrées alimentaires, des gallons de diesel et des soldats, ils se rendirent à un endroit duquel ils ne reviendraient plus jamais les mêmes.

Lorsque l'avion atterrit à Banda Aceh, ils furent confrontés dès leur descente à l'odeur de mort et à la désolation qui régnaient à cet endroit jonché de débris. La plupart des édifices longeant la mer avaient été transformés en amoncellements de décombres et de corps. Le nombre de morts dépassait largement celui des vivants. Dans toutes les directions, il n'y avait que des cadavres brûlés et gonflés. L'odeur de putréfaction régnait partout à cause des canalisations éventrées et des corps en train de se décomposer dans la chaleur humide. Ceux qui étaient demeurés vivants étaient en état de choc, cherchant à retrouver les membres de leur famille manquant à l'appel. L'ampleur du désastre n'avait pas encore été bien mesurée dans le reste du monde. Lorsque Ira, Samuel et Scott arrivèrent, il n'y avait presque aucune aide humanitaire à l'œuvre à ce moment. Ils ont été parmi les premiers « étrangers » dans la région. Avec l'aide de leur traducteur indonésien du nom de Rollie, ils se sont vite mis au travail.

Il y avait peu de personnel médical sur place. Le centre hospitalier local avait été complètement détruit, emportant avec lui médecins et infirmières. En dépit de cela, des milliers de gens blessés ou mourant avaient été transportés vers cet hôpital de fortune. Durant quatre jours d'affilée, les trois amis redoublèrent d'effort, luttant contre la montre, pour stopper les infections septiques des blessures, aidant avec les interventions chirurgicales et les amputations, et transportant les dépouilles loin de l'endroit pour empêcher la propagation des maladies. Les blessés durent attendre des journées entières avant de pouvoir recevoir des soins sans anesthésie et avec le peu de médicaments disponibles.

Le cinquième jour, les portes de la région ont été ouvertes et de l'aide supplémentaire provenant des quatre coins du monde commença à arriver. Ce n'est qu'à ce moment qu'Ira, Samuel et Scott, au bord de l'épuisement, passèrent le relais au personnel qualifié d'aide humanitaire et prirent ensuite le premier vol vers leur lieu de résidence.

Des vies avaient été complètement transformées, y compris les leurs.

Vous vous dites peut-être que c'est une véritable chance que trois jeunes médecins se trouvent alors tout près de l'endroit où le tsunami a frappé. Mais c'est justement là mon point. Ira, Samuel et Scott n'avaient absolument aucune qualification médicale. Ils étaient plutôt des amateurs de surf dont l'expertise se situait dans le domaine de la photographie et des affaires, et non dans l'aide humanitaire lors de catastrophes. Une agence d'aide ne les aurait jamais recrutés pour faire partie d'une équipe de premiers répondants, du moins pas pour offrir de l'aide médicale. Et pourtant, durant quatre jours consécutifs, pendant que les agences officielles d'aide tentaient d'avoir accès à la région, ces surfeurs intrépides se sont arrangés pour persuader les autorités de leur donner accès à une région dont les frontières avaient été fermées et ils ont aidé à sauver des vies qui auraient assurément été perdues sans leurs efforts.

Le leadership est plus une question d'assumer des responsabilités que d'être qualifié en tant que leader.

Ira, Samuel et Scott sont devenus des exemples du fait que devenir un leader est plus une question d'assumer des responsabilités que d'être qualifié en tant que leader. Le leadership ne vient pas de la tête, mais du cœur. Malgré leur manque de ressources et de qualifications médicales, les trois amis ont pris l'initiative d'une mission humanitaire visant à communiquer l'espoir et rétablir l'ordre, en dépit de circonstances sombres qui les dépassaient complètement.

Si vous voulez faire une différence positive dans le monde, cela commence par la volonté d'en assumer pleinement la responsabilité. Cela n'a pas d'importance que vous ne vous sentiez pas à la hauteur ou quels sont les obstacles qui se présentent sur votre route. Vous augmenterez votre capacité d'influencer les autres en augmentant votre sens des responsabilités. N'attendez pas que les autres vous en accordent la permission avant de choisir de faire une différence autour de vous. Si vous avez compris que la responsabilité d'un meilleur avenir dépend de vous à 100 p. cent, alors vous êtes véritablement le maître de votre destinée.

Samuel, Scott et Ira

Le 26 décembre, 2004, un gigantesque tremblement de terre au fond de l'océan a provoqué des tsunamis côtiers entraînant la mort de près de 230 000 personnes dans quatorze différents pays.

Privés des ressources nécessaires et sans qu'on le leur demande, trois surfeurs se sont investis en plein chaos. Ils prirent la responsabilité de répondre aux besoins des gens sur place en attendant l'arrivée de l'aide humanitaire, cinq jours plus tard.

Samuel, Scott, Rollie (traducteur) et Ira, avant de monter à bord de l'avion cargo C-130. Ils retournent à la maison après avoir fait une réelle différence.

Les photos ont été fournies par www.iralippkestudio.com.

Un commentateur a affirmé récemment : « Votre vie se trouve dans l'état où elle est parce que c'est ainsi que vous l'avez voulu. » Lorsque j'ai entendu cela, j'ai trouvé que cela paraissait complètement insensible envers ceux qui ont été les victimes involontaires de choses qui leur étaient arrivées. Ce n'est pas tout le monde qui a pu jouir du privilège de grandir dans une famille fonctionnelle. Nombre de personnes ont été traitées injustement et leur vie en témoigne aujourd'hui. Toutefois, plus j'y pensais et plus cette affirmation m'a paru une parole percutante ayant le pouvoir de libérer les personnes et de leur permettre de se construire une vie meilleure.

> *« L'action jaillit non des pensées, mais de la volonté d'assumer ses responsabilités. »*
> Dietrich Bonhoeffer

Voyez-vous, si vous assumez la pleine responsabilité de ce que vous êtes aujourd'hui, vous aurez alors pleine autorité d'apporter à votre vie les changements qui s'imposent. Si vous attribuez certains éléments de ce que vous êtes à des conditions mauvaises, vous aurez besoin que les conditions soient favorables pour changer et devenir meilleur. Vous voir vous-même comme le produit de circonstances particulières signifie que vous laissez une portion de votre développement à la merci de vos circonstances. Et puisque vous ne pouvez pas toujours contrôler de telles circonstances, vous êtes alors dépendant de circonstances favorables pour pouvoir devenir meilleur. C'est pourquoi, il ne faut pas blâmer quelqu'un ou quelque chose d'autre que vous pour vos « mauvais » côtés, parce que cela accorde à ces facteurs négatifs le pouvoir de déterminer également votre avenir.

Vous devriez demeurer maître de votre vie et de vos circonstances. Quel que soit le caractère difficile des circonstances qui vous entourent, c'est à vous que revient la responsabilité de demeurer proactif. Ne soyez pas comme la majorité des gens qui attendent que leurs circonstances soient favorables avant de faire preuve d'initiative et de foncer. Des problèmes risquent de survenir et il est même certain que ce sera le cas. Lorsque des pépins majeurs se sont produits durant le vol d'Apollo 13, l'astronaute Jim Lovell a prononcé une parole devenue célèbre : « Houston, nous avons un problème ». Et il n'a pas enchaîné avec des mots tels que : « Bon sang, ce n'était pas prévu au programme lorsque j'ai accepté cette mission ». Bien au contraire. Il en était le chef par choix autant que par conviction. Il a simplement continué à assumer son entière responsabilité face au vol et à la sécurité de ses coéquipiers, et tout particulièrement lorsque des problèmes majeurs sont survenus.

L'expert en leadership, John Maxwell, a trouvé que seulement 2 p. cent des gens étaient des initiateurs de changement. Les autres sont des personnes qui s'adaptent graduellement au changement, ou elles y résistent. Que devez-vous faire, alors, pour joindre les rangs de ces 2 p. cent d'innovateurs ? Il vous suffit tout simplement de décider d'en devenir un ! Insérez-vous dans cette catégorie vous-même. Cela n'a aucune importance que vous soyez qualifié pour cette tâche ou non. Initiez quelque chose de positif. Définissez-vous personnellement comme un innovateur – quelqu'un qui détermine le temps qu'il fait plutôt que d'y réagir.

Initiez des avenues de progrès pour vous et votre équipe. Assumez la responsabilité d'engendrer une atmosphère de travail dynamique, que vous vous sentiez compétent pour le faire ou non. Ira, Samuel et Scott n'avaient aucune « qualification médicale » avant d'assumer la responsabilité d'aider les habitants de Banda Aceh qui avaient été frappés par le tsunami. Ils se sont pourtant sentis « qualifiés » d'assumer la responsabilité d'apporter de l'aide aux gens en leur redonnant espoir et en remettant de l'ordre dans le chaos. Ils ne se sont pas laissés arrêter par ce qu'ils n'avaient pas, mais ils ont concentré leur attention sur ce qu'ils avaient : un cœur disposé à faire une différence positive. En conséquence, ils ont pu aider à sauver la vie de centaines, voire de milliers de personnes.

Avez-vous le désir fondamental de faire une différence positive autour de vous ? Alors, même si vous vous sentez terriblement incompétent pour le faire ou que des obstacles se dressent sur votre route, montrez-vous responsable à 100 p. cent d'apporter ces changements positifs à votre propre vie, ainsi qu'à celle de vos coéquipiers. Façonnez-vous la réputation de quelqu'un qui assume ses responsabilités. C'est là le fondement sur lequel se construit toute réussite.

Et maintenant le comment : ***la responsabilité***

1. À partir d'aujourd'hui, définissez-vous comme quelqu'un qui s'acquitte spontanément de ses responsabilités. Tirez fierté du fait de vous montrer responsable.

2. Assumez l'entière responsabilité pour ce qu'est devenue votre vie jusqu'ici. Ne blâmez personne, ni rien d'autre que vous pour la position que vous occupez présentement. Si vous vous savez responsable de votre passé, vous aurez alors pleine autorité de vous créer le futur que vous désirez.

3. Réfléchissez à quelqu'un que vous admirez pour son sens élevé des responsabilités. Invitez-le à partager un repas avec vous. Assumez la responsabilité de régler la note ! Abordez la question de la responsabilité avec lui et demandez-lui ce qui le motive à se montrer si responsable. Imitez ses qualités.

4. Demandez aux leaders sous votre supervision de se montrer plus responsables et de produire des résultats, plutôt que de chercher des excuses.

Pour avoir rapidement du carburant : ***la responsabilité***

« Vous avez toujours un contrôle de 100 p. cent sur votre vie et 100 p. cent de responsabilité personnelle pour tout ce qui s'est produit dans votre vie en conséquence de vos actions et de votre inaction. » —*Darren Hardy*

«Les meilleures années de votre vie sont celles durant lesquelles vous comprenez qu'il vous revient entièrement à vous de vous occuper des problèmes auxquels vous vous trouvez confronté. Inutile de chercher à en mettre la responsabilité sur votre mère, sur l'écologie, ou sur le président. Vous avez compris que vous contrôlez votre propre destinée.» —*Albert Ellis*

«Ne pas être capable de tout faire n'est pas une excuse pour ne pas faire tout ce dont vous êtes capable.»
—*Ashleigh Brilliant*

«Vous n'êtes pas responsable pour le mode de pensée dont vous avez hérité durant votre enfance. Toutefois, maintenant devenu adulte, vous êtes responsable à 100 p. cent pour la manière dont vous établissez vos priorités.»
—*Ken Keyes, jr.*

«L'action jaillit non des pensées mais de la volonté d'assumer ses responsabilités.» —*Dietrich Bonhoeffer*

«Toute tentative de blâmer autrui est une perte de temps. Quel que soit le degré de responsabilité que vous attribuez aux autres, ou l'intensité avec laquelle vous les blâmez, cela ne contribuera pas à vous transformer.» —*Wayne Dyer*

«Les excuses sont le berceau dans lequel l'échec nous endort.» —*Anon*

«"Je dois faire quelque chose" résout toujours beaucoup plus de problèmes qu'"il faut faire quelque chose".»
—*Anon*

« Il est si facile d'esquiver une responsabilité, mais nous ne parviendrons pas à échapper aux conséquences résultant du fait d'avoir esquivé nos responsabilités. »
—*Josiah Charles Stamp*

« Notre volonté d'assumer l'entière responsabilité pour notre propre vie est la source d'où jaillit le respect de soi. »
—*Joan Didion*

Atelier de réussite : ***la responsabilité***

1. Avez-vous tendance à vous acquitter de vos responsabilités sur-le-champ ou avez-vous besoin d'être motivé pour le faire ? Évaluez-vous sur l'échelle qui suit :

   1 2 3 4 5 6 7 8 9 10

   Besoin d'être motivé .... Les assume rapidement

2. Parmi les gens que vous connaissez, qui est un bon exemple de quelqu'un qui assume rapidement ses responsabilités ?

   ____

   De quelle manière le fait d'assumer ainsi ses responsabilités a-t-il rendu la vie de cette personne meilleure que la vôtre ?

   ____

   ____

3. Donnez trois raisons pour lesquelles vous avez de la difficulté à assumer vos responsabilités.

____

____

____

4. Complétez les phrases suivantes :
Si je me montrais davantage responsable en faisant ____________________, alors je jouirais de plus de ___________________________.

Si les gens remarquaient le fait que je prends davantage de responsabilité dans ______________ , alors on me donnerait sans doute plus de ____________________ ___________________________.

5. Je m'engage à augmenter ma responsabilité face aux choses suivantes dans ma vie :
A. ____
B. ____
C. ____

Les gens dans mon équipe ont un sens accru de leurs responsabilités lorsque je mets tous mes efforts à faire ce qui suit :

____

____

Chapitre 2
La foi

La foi est l'art de demeurer attaché aux choses que notre raison a déjà reconnues comme vraies, en dépit de nos humeurs changeantes.
C.S. Lewis

Même pour assurer sa survie, une chenille est incapable de sauter d'un seul millimètre de hauteur. Si vous examinez attentivement la forme et le comportement de la chenille, vous serez porté naturellement à conclure que cette petite créature a un avenir plutôt limité et terre-à-terre. Mais c'est faux. Car, en dépit du fait que tout dans l'apparence actuelle de la chenille et dans ses fonctions semble plutôt banal et terne, elle jouit d'un pouvoir de transformation extraordinaire. Enchâssé dans l'ADN de la chenille se trouve un mécanisme lui permettant de se transformer éventuellement en papillon. Cette transformation est si déterminante qu'il est difficile de croire que ce papillon a commencé ses jours comme une humble chenille au début du processus. Nous jouissons d'un pouvoir de transformation similaire, enchâssé au fond de nous. La foi est le mécanisme à l'origine de cette transformation.

Personne ne naît prédisposé à la réussite. Les gens atteignent le succès parce qu'ils croient que leur vie peut être transformée en quelque chose de meilleur et qu'ils appuient une telle croyance par des actions concrètes. C'est ce qu'est la foi, en réalité : croire qu'une vie meilleure est possible, bien avant d'en voir se manifester les preuves, et agir *en fonction de cette foi.* C'est ce genre de foi qui pousse un individu à s'insérer dans le cocon de la transformation personnelle. Je ne connais personne qui ait réussi sans avoir eu d'abord la foi qu'il était né pour jouir d'un tel succès.

Vous vous êtes peut-être persuadé que certaines choses vous sont impossibles. Pour une chenille qui avance en clopinant et qui n'a d'autre choix que de ramper, devenir un joli papillon qui jouit de la liberté de voler là où bon lui semble pourrait paraître impossible à ses yeux. Toutefois, non seulement est-ce possible, mais c'est sa destinée qu'il en soit ainsi. De la même manière, votre succès n'a rien d'impossible, il fait partie de votre destinée. Le processus de transformation attend que naisse votre foi pour se mettre en branle. Vous devez croire en vous-même et faire confiance aux élans de votre cœur d'abord. Comme Friedrich von Schlegel l'a affirmé : « Dans la vie, chaque grande entreprise commence et fait ses premiers battement d'ailes dans la foi. »

La foi comporte deux étapes – celle de la naissance et celle du développement. L'étape de la naissance peut se produire dans un très court laps de temps. La foi prend naissance chez quelqu'un au moment où il se met à croire que quelque chose de meilleur est possible. Dès que la foi est née, il suffit par la suite de fortifier cette foi naissante durant la vie entière. Selon J.O. Fraser, « la foi est comme un muscle devenant de plus en plus fort avec l'entraînement plutôt que du caoutchouc, qui faiblit quand on l'étire. »

Il ne suffit pas de dire simplement « j'ai la foi » ; il faut vous engager à la fortifier et à la faire grandir avec le temps. Avoir la foi n'est pas un processus qu'on met en branle pour l'oublier ensuite. Assurément, chaque situation éprouvante, chaque rejet et chaque découragement contribuera à éroder votre foi, tandis que vous travaillez à l'augmenter. Ainsi, commencer à croire ne suffit pas ; il vous faut continuer à croire chaque jour et *traduire cette foi en action* de manière à la rendre plus forte. La raison derrière l'expression « garder la foi » ne souligne-t-elle pas qu'il est possible de la perdre ?

Bien sûr, cela peut faire un monde de différence dans votre capacité de faire l'expérience de la foi si ce en quoi vous placez votre foi est vraiment digne de votre confiance. Un vieil adage formule la chose ainsi : « Il vaut mieux avoir une foi faible en un pont solide qu'une foi forte en un pont chancelant. » Avoir une foi inébranlable qu'un oncle riche vous tirera d'affaire si rien d'autre ne fonctionne, constitue sans doute un cas de foi mal placée. Mais avoir une foi inébranlable en votre capacité de vous améliorer vous-même et de rendre votre vie meilleure constitue un cas de foi bien placée. Vous avez, en effet, la capacité de vous améliorer, quelle que soit la situation bonne ou mauvaise dans laquelle vous vous trouvez.

> *« Il vous faut décider, ici et maintenant, si vous allez vivre votre vie dans la peur ou dans la foi. »*
> Barbara Geraghty

La foi est le principe unificateur dans une équipe. Il doit y avoir une conviction commune qui rassemble les gens et les mobilise dans une même direction.

Les groupes se désintègrent lorsque les gens ont perdu la foi. Votre groupe, équipe ou organisation ne demeureront forts que si les gens gardent l'assurance absolue que ce en quoi vous êtes impliqués collectivement fonctionne vraiment. Dans n'importe quelle équipe, cela importe peu que telle ou telle personne s'en déclare le leader, car les gens auront envie de suivre celui qui a le plus foi en lui-même, dans son produit et dans les résultats faisant la preuve que leur foi n'a pas été mal placée. Ainsi, si vous voulez devenir un leader, vous n'avez pas besoin que quelqu'un vote pour vous ou fasse votre promotion. Vous êtes déjà un leader parce que vous avez confiance en votre produit, votre service, avec des résultats pour le prouver. Votre équipe aura naturellement tendance à vous suivre et à vous imiter, indépendamment du titre que vous portez.

Si vous êtes le leader et que votre foi est en train de sombrer, il vous faut la réanimer. Vous réussirez peut-être à continuer ainsi un certain temps, à vous examiner, mais les gens sont intuitifs. Au bout d'un moment, ceux qui vous suivent se rendront compte que votre réservoir de foi est vide. Que font les gens qui suivent un leader, en général ? Ils le suivent ! C'est pourquoi, si vous cheminez sur l'avenue du Doute, ils vont vous y suivre et ils perdront bientôt leur motivation le long du chemin. Sans une foi commune qui lie les gens solidement ensemble, les individus se dispersent. Certains abandonneront la partie, tandis que d'autres se mettront en quête d'un autre leader. Ne laissez pas une telle chose se produire. Si vous trouvez que votre foi bat de l'aile, recherchez alors la compagnie d'autres leaders remplis de foi et nourrissez-vous de leur calme assurance, jusqu'à ce que la vôtre ressuscite.

Comment parvient-on à faire grandir la foi au sein d'une équipe ? Le premier pas consiste à en parler. Faites de la foi un enjeu d'équipe. Les gens aspirent à avoir la foi. Les humains ont naturellement tendance à désirer un avenir meilleur, c'est pourquoi vous n'aurez pas besoin de convaincre vos coéquipiers de l'importance d'avoir la foi. Enseignez-leur plutôt comment elle naît et se développe. Qu'est-ce qui vous a amené à croire en premier lieu ? Comment cette foi nouvelle s'est-elle développée en vous ? Partagez votre histoire avec eux. Donnez aussi à d'autres membres de votre équipe la possibilité de partager la leur. La plupart des gens n'ont besoin que d'une occasion et d'un peu d'encouragement pour se mettre à croire. Lorsqu'ils entendront votre histoire et l'expérience des autres, ils comprendront alors qu'il leur suffit de le décider pour que leur foi naisse.

La réussite appartient à ceux qui opèrent sous le leadership de la foi plutôt que celui des émotions.

Vos coéquipiers ont aussi besoin de savoir qu'il est normal de lutter avec la foi, de traverser des périodes de crise à l'occasion face à la foi. Il nous arrive par moments de nous demander si nous ne sommes pas condamnés à être une chenille vouée à passer le reste de sa vie à observer les papillons faire leur truc ! Il y aura des jours où notre foi sera mise à mal par les circonstances ou tout simplement tenue en échec. Un bon leader ne condamnera jamais les gens pour le fait d'avoir une crise de foi à l'occasion, mais il ne laissera pas non plus les gens se complaire dans cette léthargie passagère. Lorsque la foi est faible, l'influence des émotions (négatives en général) est forte. La réussite appartient à ceux qui opèrent sous le leadership de la foi plutôt que celui des émotions. Ainsi, il vous faut développer un esprit d'équipe qui soutienne la foi en chacun, de même que dans le produit ou le service.

Organisez des rencontres de foi. La foi individuelle tend à fleurir là où des gens qui ont la foi sont rassemblés. Il n'est pas nécessaire d'être religieux pour tenir des rencontres de foi. La foi dépasse largement le cadre de la religion. Avoir la foi consiste à croire que l'avenir peut être meilleur que le présent et à *agir sur cette conviction.* Ou comme W.T. Purkiser l'affirme : « Avoir la foi signifie bien plus que de croire que quelque chose est vrai. La foi, c'est de croire que cette chose est vraie au point de nous pousser à l'action. » Ainsi, je vous recommande de tenir des soirées de foi, des pique-niques de foi, et des programmes axés sur la foi. Célébrez la naissance de la foi chez les individus et célébrez également la croissance de la foi dans l'équipe et les objectifs qu'elle établit. Le premier pas vers la réussite commence par un élan de foi.

Et maintenant, le comment : ***la foi***

1. Prenez le temps de mémoriser la citation suivante : « Avoir la foi, c'est agir en fonction de ses convictions. »

2. Faites en sorte que votre mode de vie au quotidien soit dirigé par votre foi plutôt que par vos émotions.

3. Dressez une liste de toutes les actions que vous avez posées par la foi et accordez-leur la priorité par rapport à celles qui ont été inspirées par vos émotions.

4. Planifiez une rencontre avec vos coéquipiers en vue de comparer vos pas de foi et stratégies réciproques. Encouragez-vous mutuellement à poursuivre fidèlement les actions qui ont été inspirées par la foi.

Pour avoir rapidement du carburant : ***la foi***

La foi est de croire ce que l'on ne voit pas encore ; la récompense de cette foi est de voir se concrétiser ce que vous croyez. —*Saint Augustin*

Vous sabotez votre rêve lorsque vous permettez à vos craintes de devenir plus importantes que votre foi.
—*Mary Manin Morrissey*

La foi est comme l'électricité. On ne peut la voir mais on peut voir la lumière qu'elle produit. —*Anon*

Un collègue ne devrait pas laisser tomber sa foi lorsqu'elle faiblit, pas plus qu'on ne devrait jeter à la poubelle un costume parce qu'il a besoin de nettoyage à sec.
—*Frank A. Clark*

La foi fortifie la volonté, alors que le doute engendre la faiblesse de caractère. —*Anon*

La foi n'est pas une denrée comme le café ou la pâte dentifrice. Elle est plutôt comme un arbre. Elle pousse.
—*David Winter*

La foi porte à poursuivre la course, assuré que vous finirez par avoir votre deuxième souffle. —*William A. Ward*

Je préfère largement errer du côté de la foi que du côté du doute. —*Robert Schuller*

La foi est plus qu'avoir des croyances. Avoir des croyances est quelque chose de passif. La foi est active.
—*Edith Hamilton*

La foi n'est pas quelque chose à saisir, mais plutôt un état dans lequel il nous faut entrer pour croître.
—*Mahatma Gandhi*

La foi rend les choses possibles, et pas nécessairement faciles. —*Anon*

Atelier de réussite : ***la foi***

1. Traduire en actions ce que vous croyez vous vient-il facilement ou devez-vous lutter pour avoir la foi ? Évaluez-vous sur l'échelle qui suit :

   1 2 3 4 5 6 7 8 9 10

   Avoir la foi m'est difficile . . . . Avoir la foi m'est facile

2. Quelles sont les trois raisons principales qui m'empêchent de faire des pas de foi ?

   ____

   ____

   ____

3. Le pas de foi le plus grand qu'il m'a été donné de faire est : ________________________________

   ____

4. Qui admirez-vous pour la qualité de leur foi ?

   ____

   ____

   Comment cette foi se traduit-elle concrètement dans leur vie ?

   ____

   ____

5. Si vous pouviez augmenter votre foi dans un domaine de votre vie, comment cela se manifesterait-il ?

   ____

   ____

Comment le fait d'avoir davantage de foi dans ce domaine pourrait-il vous aider à atteindre la réussite ?

____

____

Chapitre 3
La vision

Il n'y a pas de moteur plus puissant pour propulser une organisation vers l'excellence et la réussite à long terme qu'une vision du futur partagée par tous et qui est attrayante, louable et accessible.

Burt Nanus

En 2005, je faisais mes bagages en vue de me rendre au Caire, en Égypte. À la dernière minute, j'ai décidé de prendre un sac de voyage plus petit et j'ai rapidement transféré le contenu d'un sac à l'autre. Au cours du processus, je ne me suis pas rendu compte que mes lunettes avaient atterri sur le lit plutôt que dans la valise. Je me suis précipité à l'aéroport et j'ai grimpé dans l'avion sans m'apercevoir que tout ce qui me séparait d'une cécité légale était mes verres de contact – deux petits morceaux de plastique souple collés à mes globes oculaires. Après quelques heures de vol, j'ai décidé de retirer mes lentilles et mettre mes lunettes, mais elles se trouvaient maintenant à cinq mille kilomètres de distance.

Après avoir compris mon erreur, je me suis dit que plutôt que d'essayer de trouver un optométriste au Caire, j'allais plutôt essayer de porter continuellement mes verres de contact. Cette stratégie me permit de me tirer d'affaire durant la semaine entière, qui fut remplie de rendez-vous et d'exposés, et ce, jusqu'à la dernière soirée où je me suis vu soumis tout à coup à la vulnérabilité associée à ma cécité.

Le dernier soir, mon hôte me conduisit, de nuit, à la place du marché qui se trouvait en bordure de la route, en face de l'université du Caire. Cet endroit bourdonnait d'une activité nocturne des plus intéressantes et très animée. On aurait dit que la population entière de l'Égypte s'était donné rendez-vous à cet endroit. Les affaires y étaient à l'évidence très florissantes, avec marchands et acheteurs, restaurants et musiciens. La nuit chaude dégageait un mélange d'arômes de cuisine du Moyen-Orient entremêlé de fumée provenant de centaines de pipes. La poussière et les émanations de diesel s'échappant d'une myriade de bus, de voitures et de taxis rendaient l'air très lourd. Cela n'aurait pas été un problème pour moi si j'avais eu mes lunettes. Mais comme j'avais déjà porté mes lentilles cornéennes dix-huit heures d'affilée ce jour-là, mes globes oculaires ont littéralement fermé boutique. Mes verres de contact ont perdu leur humidité et se sont collés à la surface de mes lobes. Je clignais des yeux et ne parvenais plus à ouvrir mes paupières. J'étais à toute fin pratique devenu aveugle.

> *Nombre de gens manquent de pouvoir personnel simplement parce qu'ils n'ont pas une vision claire de la direction vers laquelle ils tendent.*

Nos projets de nous amuser durant cette dernière soirée se sont rapidement transformés en recherche effrénée d'une pharmacie qui soit ouverte à 1 h du matin. Si j'avais eu besoin d'un collier en or ou d'un tapis tissé à la main, je me serais trouvé à l'endroit idéal. Mais j'avais plutôt besoin de gouttes spéciales pour les yeux qui leur permettraient de se remettre à fonctionner. J'avais déjà entendu l'adage : « Lorsqu'il n'y a pas de vision, le peuple périt ». Je me rappelle avoir senti à cet instant que j'allais sans doute avoir l'occasion de mesurer personnellement à quel point ce principe est vrai. Mais fort heureusement, nous avons trouvé un endroit où l'on me procura un remède et je fus très soulagé de pouvoir ouvrir mes paupières à nouveau.

Une fois de retour à la maison, à Los Angeles, j'ai immédiatement pris rendez-vous avec un chirurgien oculaire pour régler le problème de manière permanente au moyen d'une correction au laser. L'idée de subir cette intervention chirurgicale m'avait trotté dans la tête durant des années. Mais cette soirée éprouvante au Caire a été la motivation dont j'avais besoin ! Je ne tenais pas à revivre une telle situation débilitante à nouveau. Heureusement, l'intervention fut un succès et je jouis d'une vision parfaite depuis ce jour.

Il y a quelque chose dans le fait de ne pas avoir une vision claire – ne pas savoir où nous nous dirigeons dans la vie – qui nous fait nous sentir vulnérable. Nombre de gens manquent de pouvoir personnel simplement parce qu'ils n'ont pas une vision claire de la direction vers laquelle ils tendent. Il n'y a rien comme une destination claire et désirable pour mobiliser les gens à foncer résolument vers l'avant.

Quelqu'un a affirmé sur le ton de la rigolade : « Si vous ne savez pas où vous allez, vous risquez fort d'aboutir à un autre endroit ! » Et cet endroit n'aura rien de spécial, en fin de compte. Mon père est décédé il y a vingt-cinq ans, mais je me rappelle le jour où il m'a dit la chose suivante comme si c'était hier : « Fiston, si tu ne vises rien du tout, c'est exactement ce que tu vas obtenir fois après fois ! »

L'étape qui suit celle de décider d'être responsable de votre futur et celle de développer votre foi, est celle de choisir une destination inspirante vers laquelle vous diriger. Dans certains cercles, on appelle cela cultiver un rêve. Un rêve est simplement le désir de quelque chose dont la jouissance se trouve d'abord dans votre imagination. En effet, rien de splendide n'est jamais accompli par accident. De grandes réalisations commencent par de grands rêves.

Récemment, j'ai eu le privilège de partager un repas avec le champion mondial de moto-cross, Greg Albertyn. Ce dernier a commencé à caresser le rêve de devenir champion du monde lorsqu'il avait douze ans. Durant des années, cette vision de devenir le meilleur parmi les meilleurs l'a motivé à continuer lorsque les os brisés, les moments de solitude et les déceptions lui donnaient l'envie de tout laisser tomber. Lorsqu'il était enfant, il vivait en Afrique du Sud, un endroit qui est loin d'être la capitale du moto-cross dans le monde. Et pourtant, il a fini par battre les meilleurs coureurs de l'Europe et de l'Amérique et il est devenu champion mondial de sa discipline. Cette victoire a exigé de sa part d'énormes efforts, mais c'est sa vision claire de sa victoire qui a donné à Greg l'énergie nécessaire pour y parvenir.

Le but d'un rêve est de susciter en nous un enthousiasme suffisant pour nous pousser à l'action. Je n'ai jamais entendu personne affirmer : « J'ai fini par me rendre au sommet, propulsé par une inclination plutôt tiède ! » Vous avez besoin de quelque chose de plus puissant que cela pour vous aider à sauter du lit chaque matin et à foncer dans un contexte de rejet continuel, sans jamais perdre votre enthousiasme ! Comme Robert Kriegel l'a affirmé une fois : « La clé est d'avoir un rêve qui vous inspire à aller bien au-delà de vos limites. »

Certaines personnes ont comme vision de trouver un chemin facile vers la réussite. Cela n'a rien d'une vision, c'est plutôt la pensée magique. Il n'y a jamais rien de facile dans la réussite. Ceux qui cherchent la « voie facile » sont souvent tentés de prendre des raccourcis qui les mènent inévitablement dans des culs-de-sac, avec le résultat de devoir recommencer à zéro. La solution n'est pas de trouver un moyen facile de réussir, mais de vous façonner une vision si motivante que vous finirez par atteindre vos rêves, quels que soient les écueils et les épreuves rencontrées le long du chemin. La vision d'une destination qui vous stimule est la clé qui permet de demeurer gonflé à bloc lorsque vous auriez tendance à perdre la motivation.

J'aimerais pouvoir vous affirmer que chacun de mes rêves les plus fous est devenu une réalité. Franchement, c'est loin d'être le cas. La pile de mes rêves brisés atteint la hauteur d'une montagne. Certains rêves ne se sont tout simplement pas concrétisés. Mais une chose est sûre, cependant, mes réussites grandioses ont toutes commencé avec un rêve au début. Et à mesure que j'ai acquis de la maturité dans ma compréhension du voyage vers la réussite, je suis devenu plus draconien à l'égard de mes rêves. Désormais, lorsqu'ils cessent de m'inspirer, je les jette tout simplement par-dessus bord. Un rêve qui a perdu son pouvoir de me motiver devient le contraire – une obligation plutôt qu'une inspiration. Il faut le laisser filer. S'il a cessé de vous allumer, alors il faut le mettre à la poubelle ! Il a accompli son travail. Il vous a fait sortir du lit le matin plus souvent qu'autrement, mais s'il a cessé de vous faire sourire lorsque vous y pensez, il vaudrait mieux alors vous trouver un nouveau rêve tout frais.

Une fois choisie la destination qui vous inspire, gardez-la clairement en mémoire. Certaines personnes utilisent une image qui représente leur rêve comme fond d'écran de leur ordinateur ou de leur téléphone portable. D'autres mettent une photo de leur rêve sur leur frigo ou sur leur bureau, au travail.

Mes amis Ray et sa femme, Judi, possèdent une compagnie de gestion des avoirs pour gens fortunés. Plusieurs pièces de l'édifice ont été conçues intentionnellement pour des rencontres avec les clients. Plutôt que de décorer ces espaces d'une manière qui reflète le caractère professionnel habituel d'un bureau, Ray et Judi ont utilisé une thématique différente pour chaque pièce représentant des visions variées que les gens pourraient avoir pour leur avenir. Le décor d'un de ces bureaux est inspiré d'une île tropicale. Lorsque vous pénétrez dans la pièce, vous avez l'impression de vous retrouver sur une plage des tropiques. Les murs sont recouverts de papier peint représentant une plage se profilant à l'infini. Il y a un bar fait de bambou dans la pièce, ainsi que des palmiers, et même des jouets de plage. Vous retrouver dans cet endroit vous donne l'impression que vous êtes en vacances. Tout ce qui manque est le sable sur le sol. Ray cherche probablement un moyen de rendre cela bientôt possible aussi. Si vous entrez dans une autre pièce, vous aurez l'impression de vous retrouver alors à la table d'un bistro parisien. Dans une autre pièce encore,

> *« Les grandes visions naissent du fait d'appartenir à une communauté hors du commun. »*
> Dave Gibbons

vous vous retrouverez quelque part en Asie. Ray et Judi se sont donné beaucoup de mal pour que le style de chaque pièce inspire et fasse grandir la vision de leurs clients.

J'ai récemment entendu Dave Gibbons, auteur et protagoniste du leadership liquide, affirmer : « Les grandes visions naissent du fait d'appartenir à une communauté hors du commun. » Si vous manquez de vision, c'est peut-être parce que vous ne vous trouvez pas en assez bonne compagnie. Demeurer gonflé à bloc est plus facile lorsqu'on est entouré de gens visionnaires et pleins d'énergie. Si les personnes avec lesquelles vous passez vos journées ont une vision d'envergure pour leur vie, la même ferveur face à l'avenir risque alors de s'emparer de vous.

Il est capital, si vous dirigez une équipe, de vous efforcer sans cesse de maintenir vivante la vision de chacun des membres. Les gens ont tendance à oublier la vision qui les anime ou à laisser les petites choses du quotidien lui ravir la place. Une vision d'équipe a un effet rassembleur sur les membres qui la composent. Elle comporte des éléments de stimulation. Quelle est la vision de votre équipe ? Avez-vous l'habitude de la célébrer régulièrement ? Theodore Hesburgh a affirmé : « La véritable essence du leadership se trouve dans le fait d'avoir une vision. Cette vision se doit d'être clairement articulée et défendue, chaque fois que vous en avez l'occasion. Il est impossible de souffler dans une trompette qui ne rend pas un son clair. »

J'ai mis au point un exercice qui m'aide à garder continuellement le cap sur la vision qui m'anime. Chaque soir avant de m'endormir, je décris mon rêve dans ce que je nomme mon *journal de réussite.* Bien que j'aie déjà décrit mon rêve le soir précédent et le soir d'avant, je le décris à nouveau. Je réalise que ne pas réitérer mon rêve jour après jour me porte à le perdre éventuellement de vue. Le rêve devient alors flou et il perd de sa puissance d'influencer les choses dans ma vie. Les rêves sont difficiles à atteindre lorsqu'ils sont flous. Le fait de décrire mon rêve sur papier chaque soir m'empêche de le perdre de vue. Prenez l'habitude de décrire votre vision chaque jour et vous verrez l'influence que cela aura pour vous garder gonflé à bloc, vous et votre équipe !

Les Grand sphinx de Giza, près du Caire, en Égypte, constitue le monument le plus gigantesque et le plus vieux dans le monde aujourd'hui. Construit il y a environ 4553 années, il a commencé par une seule personne qui avait une vision !

Et maintenant, le comment : ***la vision***

1. En considérant la multitude de vos rêves, trouvez celui que vous désirez réaliser plus que tout. Faites de ce rêve votre vision.

2. Articulez votre vision dans une phrase que vous pouvez mémoriser.

3. Créez-vous une représentation tangible de cette vision, comme une photo ou une description laminée qui vous rappellera ce vers quoi vous vous dirigez intentionnellement.

4. Trouvez un partenaire avec lequel vous pourrez nouer un lien de responsabilité mutuelle : partagez votre vision et encouragez-vous mutuellement à être redevable l'un à l'autre.

5. Organisez une soirée vision avec votre équipe. Célébrez les possibilités de chacun et honorez la vision de chaque personne face à son avenir.

6. En tant que chef d'équipe, articulez clairement la vision que vous partagez, chaque fois que vous vous réunissez.

Pour avoir rapidement du carburant : ***la vision***

Nous nous élevons nous-mêmes par notre pensée. Nous nous hissons en quelque sorte sur la vision que nous nous avons de nous-mêmes. Si vous désirez élargir votre vie,

vous devez d'abord rendre plus larges les idées que vous vous en faites et que vous vous faites de vous-même. Conservez toujours une image de votre personne qui correspond à ce que vous aspirez devenir, toujours, partout.
—*Orison Swett Marden*

Formulez et imprimez sur votre pensée de manière indélébile une image de vous-même sur la voie de la réussite. Attachez-vous à cette image plus que tout. Ne permettez jamais qu'elle perde de son éclat. Votre esprit cherchera à développer cette image. —*Norman Vincent Peale*

L'insatisfaction et le découragement ne sont pas causés par l'absence de choses mais par l'absence de vision. —*Anon*

Un tas de pierres cesse d'être un tas de pierres dès le moment où un homme se met à le contempler, en portant en lui l'image d'une cathédrale. —*Antoine de St-Exupéry*

Un leader est quelqu'un qui a la vision et la conviction qu'un rêve peut être réalisé. Il inspire aux autres le pouvoir et l'énergie permettant de le concrétiser. —*Ralph Lauren*

L'avenir appartient à ceux qui voient des possibilités avant qu'elles ne deviennent évidentes. —*John Scully*

Lorsque vous avez une vision, cela influence l'attitude que vous avez. Elle est alors caractérisée par l'optimisme plutôt que le pessimisme. —*Charles R. Swindoll*

Être visionnaire, c'est posséder l'art de voir ce qui est invisible. —*Jonathan Swift*

La vie est pleine de moments décisifs où il vous faut échanger une chose pour une autre. Un visionnaire réussira toujours à améliorer son sort dans l'échange, jamais le contraire. *—Barbara Geraghty*

Les rêves sont d'une extrême importance. Il est impossible d'accomplir quoi que ce soit si vous ne l'avez pas imaginé d'abord. *—George Lucas*

Le problème avec le fait de ne pas avoir d'objectif est que vous pouvez passer votre vie à courir d'un bout à l'autre du terrain sans jamais marquer de but. *—Bill Copeland*

Atelier de réussite : ***la vision***

1. Votre vision du futur est-elle claire ? Évaluez-vous sur l'échelle qui suit.

   1 2 3 4 5 6 7 8 9 10

   Floue . . . . Claire comme du cristal

2. La vision que j'ai de mon futur pourrait se résumer par la phrase suivante : ________________________________

   ____

3. Ma vision d'équipe pourrait se résumer par la phrase suivante : ________________________________

   ____

4. Les trois choses suivantes m'empêchent de pouvoir me concentrer sur ma vision :

____

____

____

5. De la manière suivante, ma vie changera pour le mieux lorsque j'aurai concrétisé ma vision du futur :

____

____

____

6. Nommez deux personnes dans votre vie que vous admirez pour la vision claire qu'elles ont de leur avenir.

   ______________________ et ______________________

   De quelles façons pourriez-vous les imiter ?

____

____

Chapitre 4
La passion

Une passion forte, quel qu'en soit l'objet,
assure la réussite car le désir de la fin
indiquera quels sont les moyens à prendre.
William Hazlitt

D'où la passion vient-elle, au juste ? Certaines personnes sont-elles naturellement plus passionnées que d'autres ? Est-il possible de réussir sans la passion ?

Tout le monde naît avec la capacité d'être passionné. Tous les bébés que j'ai connus possédaient la capacité innée de hurler lorsqu'ils étaient affamés ou qu'ils avaient besoin qu'on change leur couche. Quelle que soit l'heure du jour ou de la nuit, ce petit trésor de joie n'hésitera pas à faire grimper les décibels dans ses appels à l'aide passionnés pour qu'on réponde à ses besoins.

La passion est la capacité de se motiver soi-même en vue d'atteindre un résultat désiré. C'est une tendance naturelle que tout le monde possède et il est impossible de réussir quoi que ce soit sans elle.

La passion n'est pas quelque chose qui se perd, mais elle finit par être enfouie sous un paquet d'autres trucs. Ainsi, lorsque vous êtes en présence de quelqu'un qui manque de passion, ce n'est pas parce que cette personne a perdu la capacité d'être passionnée. En règle générale, c'est plutôt parce qu'elle est préoccupée par autre chose et que sa passion a été reléguée aux oubliettes.

Chacun de nous connaît des gens hautement passionnés, et à la vérité, certaines de ces personnes démontrent un si haut niveau de passion que nous nous sentons vraiment ennuyeux en comparaison. Avons-nous besoin de nous lancer dans le vide à partir d'un avion ou de lutter avec des crocodiles pour libérer la passion qui est en nous ? Pas nécessairement. De combien de passion avez-vous besoin pour connaître la réussite ? Autant que vous pouvez en générer. La passion pour ce que vous faites est essentielle si vous voulez avoir du succès dans vos entreprises. La passion attire les gens, la vision les galvanise et le fait de vivre quelque chose de valable en continu est ce qui les maintient engagés.

La passion se manifeste différemment selon les personnes. Je connais des gens très conservateurs dont la passion pour ce qu'ils font est profondément et puissamment enracinée en eux, et ils ont les résultats pour en faire la preuve. La passion n'est pas une question de flamboyance. Ne vous laissez troubler par l'idée qu'il vous faille adopter l'approche d'un présentateur de produits miracles annoncés à la télé pour connaître la réussite. Ce n'est pas une question de devenir quelqu'un d'autre, mais plutôt de devenir un vous plus enflammé par la cause que vous avez à défendre. Comme l'affirme E.M. Forster : « Une seule personne animée de passion vaut mieux que quarante personnes vaguement intéressées. »

Est-il possible que certains individus soient naturellement enclins à être plus passionnés que d'autres ? En d'autres mots, sont-ils venus au monde en ayant reçu une double portion de passion ? Si cela était vrai, alors chacun de nous aurait une très bonne excuse pour manquer de passion. Nous pourrions tout simplement nous fondre dans le pourcentage de la population qui n'est pas « naturellement » passionné, et ce serait là notre excuse. Le problème est que personne ne peut savoir vraiment si la passion est le produit de la nature ou du fait de la cultiver. Les psychologues ont débattu de cette question touchant la nature versus la culture depuis des lunes.

> *La passion attire les gens, la vision les galvanise et le fait de vivre quelque chose de valable en continu est ce qui les maintient engagés.*

Ma conclusion repose sur des preuves qui m'ont été fournies autant par l'expérience que par l'observation : les gens qui sont animés de passion réussissent davantage que ceux qui ne le sont pas, et tout le monde a la possibilité de rehausser le niveau de son enthousiasme dans la mesure où il choisit de le faire. Ainsi, indépendamment du niveau d'enthousiasme dont vous croyez avoir hérité à la naissance, vous avez néanmoins le potentiel et le besoin de l'augmenter. La passion attire le succès comme un aimant. Voici quelques catalyseurs qui vous aideront à stimuler votre passion.

Augmentez votre passion en réorganisant votre vie

Nous sommes nés avec la capacité d'être passionnés. Toutefois, il est si facile de laisser notre passion s'atténuer et s'éteindre à cause de soucis de la vie. Les gens croient qu'ils n'ont pas de passion, mais la réalité est plutôt que leur passion ne jouit pas de l'espace nécessaire pour se manifester et prendre toute son ampleur. Leurs passions demeurent enfouies sous une épaisse couche d'enjeux de toutes sortes. Si vous voulez sentir la passion qui vous anime, vous devez lui laisser une place pour s'exprimer. Laisser une place suffisante – ce que j'appelle des marges – à votre passion pour qu'elle s'exprime constitue la clé qui vous permettra de vous sentir passionné à nouveau.

L'un des pièges de la société moderne est que les gens frôlent continuellement la limite dans leur vie. Aucune marge n'est permise désormais, ni même protégée. Chaque moment ou dollar disponible est utilisé et exploité au maximum, souvent pour des choses nobles. Parfois, des gens s'investissent au-delà de toute mesure « pour la cause ». Toutefois, la première victime de cet usage à outrance est notre passion. Un jour, nous nous réveillons pour nous demander où est allée notre passion. Quand nous nous sentons sans énergie ni inspiration, nous concluons à tort que la solution à ce manque de tonus est de « faire autre chose ». Nous quittons notre voie et « cherchons quelque chose de mieux ». Mais ce n'est pas que notre passion ait disparu, en réalité, mais plutôt qu'elle a été tout simplement enfouie sous des tas de choses. Et sans une marge lui permettant de remonter à la surface pour respirer un peu, elle demeurera enfouie.

La réussite dans la vie concerne votre manière de gérer le quotidien. Vouloir rendre chaque moment de la journée productif sans donner à votre esprit la possibilité de respirer laissera ce dernier complètement à plat au bout d'un moment. L'état dans lequel se trouve votre esprit est ce qui détermine votre niveau de passion personnelle. S. Truett Cathy, le fondateur des restaurants Chick-fil-A, a établi comme politique de fermer ses restaurants les dimanches. Les gens de Wall Street auraient tendance à le lui reprocher, sur la base de la perte d'occasions favorables et de profits pour son entreprise. Demeurer fermé 50 % du week-end peut sembler suicidaire sur le plan des affaires. Toutefois, S. Truett Cathy n'aime pas travailler les dimanches. Il préfére jouir ainsi d'un jour complet de repos du monde des affaires. Cela lui permet de refaire le plein au niveau de son esprit et il a conclu que son personnel avait droit au même congé. En dépit de cette fermeture d'une journée, la rentabilité de Chick-fil-A fait l'envie de plusieurs de ses compétiteurs et, comme quelqu'un l'a affirmé : « Le fait d'être fermé les dimanches rend encore plus délicieux ses sandwiches les lundis ! »

Avoir de la passion constitue la clé de la réussite dans ce que nous faisons. Mais il nous faut nous accorder des temps de repos pour permettre à cette passion de reprendre son souffle. Tandis que je suis en train d'écrire cela, je prends conscience que les individus qui cherchent une raison pour se la couler douce risquent d'apprécier ce que j'ai écrit. Je vous entends déjà dire aux membres de votre équipe : « Hé ! Je ne suis pas au travail en ce moment parce que Wes Beavis m'a recommandé d'administrer une RCR à ma passion ! » Ainsi, il est important pour moi de mentionner que cette section sur les marges de manœuvre est consacrée en priorité aux personnes productives qui sentent que leur passion décline – elle n'est pas pour les gens qui cherchent un prétexte pour justifier leur manque de productivité !

Dans le monde des affaires, des entreprises en difficulté sont sauvées du désastre chaque jour grâce à un processus intitulé la restructuration. C'est là une méthode merveilleuse parce qu'elle aide des tas de personnes à ne pas perdre leur emploi, elle empêche le dépeuplement des villes et elle permet que des marques de commerce prestigieuses ne soient pas reléguées aux oubliettes pour toujours. Je trouve judicieux d'adopter une approche similaire dans la vie personnelle des gens parce que bien souvent, tout ce dont nous avons besoin est d'une bonne dose de réorganisation, de manière à pouvoir ressentir la passion à nouveau.

> *« Si vous voulez atteindre la réussite, ne cherchez pas quelque chose de meilleur, mais devenez plutôt meilleur dans ce que vous faites, et le succès finira par vous atteindre. »*
> Charlie « Tremendous » Jones

Les enjeux de la vie sont de nature dynamique. Les cibles que nous souhaitons atteindre sont mobiles et la compétition à laquelle nous participons en tant que coureur de fond ne comporte aucune ligne d'arrivée précise. Nous avons plusieurs aspects avec lesquels apprendre à composer, dont des responsabilités à remplir, un certain niveau d'énergie fluctuant, des facteurs reliés à la santé, des variances relationnelles et attentes qui ne se concrétisent pas. Il n'est pas surprenant, alors, que notre niveau de passion soit complètement à plat à certains moments. Souvent cette passion est chassée par d'autres forces en présence.

S'il arrive que votre passion tombe à zéro, il faut alors trouver le moyen de gérer votre vie autrement et non essayer de vous en trouver une autre. Comme le dit si bien Charlie « Tremendous » Jones : « Si vous voulez atteindre la réussite, ne cherchez pas quelque chose de meilleur, mais devenez plutôt meilleur dans ce que vous faites, et le succès finira par vous atteindre. » Devenir meilleur dans ce que vous faites exigera peut-être que vous deviez réarranger les meubles dans votre espace de vie.

Plusieurs des facteurs susceptibles de drainer votre passion sont nobles – qu'il s'agisse de faire la taxi pour les enfants à leur match de soccer, ou d'établir votre entreprise. Ces facteurs occupent une place importante dans votre vie, mais s'ils drainent votre énergie, c'est le signe qu'ils occupent une trop grande place. Prenez l'initiative de restructurer les différentes composantes de votre vie, incluant la partie de soccer et le développement de votre entreprise, de manière à rehausser et maintenir le niveau de votre passion personnelle. Si vous ne gérez pas votre vie ainsi, vous deviendrez le jouet des circonstances qui vous entourent. Les circonstances risquent d'occuper toutes les pièces de l'auberge à moins que vous ne décidiez d'accorder la place que vous voulez à la passion. Créez donc de l'espace pour que votre passion se manifester librement et cette passion vous permettra éventuellement d'atteindre le succès.

Associez-vous à des gens passionnés

Dès que vous sentez notre flamme intérieure disparaître, fréquenter les gens appropriés peut attiser la flamme en nous et redonner vigueur à votre esprit défaillant. Comme l'a affirmé Albert Schweitzer : « Il peut arriver dans la vie de n'importe qui que la flamme intérieure s'éteigne. Mais elle peut s'enflammer à nouveau au contact

Si vous voulez plus de passion dans votre vie, tenez-vous avec des gens passionnés.

d'un autre être humain. Nous devrions nous montrer très reconnaissants pour de telles personnes qui réaniment notre esprit intérieur. »

Les passions qui animent les personnes dynamiques finissent par déteindre sur nous. Un entraîneur de football américain a dit à l'un de ses joueurs, une fois : « Tu te comportes admirablement bien au jeu, jeune homme. La détermination avec laquelle tu gagnes du terrain, tu te faufiles, tu plaques l'adversaire et tu sautes dans le tas est merveilleuse. » Le joueur lui a répondu : « C'est facile pour moi, coach – j'avais l'habitude d'accompagner ma mère lorsqu'elle faisait du shopping. »

Si vous voulez plus de passion dans votre vie, tenez-vous avec des gens passionnés. Votre caractère s'alignera alors inconsciemment sur le caractère des individus que vous fréquentez. Comme l'affirme Warren Buffet : « Choisissez des associés dont le comportement est supérieur au vôtre et vous vous verrez tiré dans cette direction. »

Le phénomène s'opère dans l'autre sens également. Choisissez prudemment les personnes avec lesquelles vous vous associez. Les mauvaises personnes peuvent finir par drainer beaucoup de votre énergie en fin de compte. Si vous manquez de passion, faites un inventaire des personnes avec lesquelles vous passez le plus de temps. Vous manquez peut-être de passion parce que votre environnement relationnel ne vous procure aucune inspiration.

Tenez-vous avec des gens passionnés et motivés. Si vous le faites, assurez-vous que vous n'êtes pas un fardeau pour eux, autrement vous risqueriez de ne pas être le bienvenu la prochaine fois ! N'oubliez pas qu'il n'y a rien qui vous empêche d'être l'initiateur d'une rencontre entre gens passionnés. Soyez quelqu'un qui non seulement contribue à la passion ambiante dans votre environnement, mais qui initie également des rencontres entre individus passionnés.

Rêvez de changer le monde

Être un rêveur implique davantage que de vous imaginer, vous et ceux que vous aimez, étendus sur une plage à Tahiti. Vous la couler douce dans un endroit exotique est un rêve formidable, mais vous devriez également rêver de changer le monde. En fait, vous avez la responsabilité de rêver en vue du bien-être du genre humain. L'avenir de l'humanité repose entre les mains des rêveurs. Prenez un moment pour réfléchir au nombre d'innovations qui rendent nos vies meilleures de nos jours. Le four micro-ondes, le téléphone portable, les voyages aux quatre coins du monde, l'Internet, les antibiotiques, et surtout, à ne pas oublier, la personne qui a découvert l'anesthésique ! Toutes ces choses ont d'abord été des rêves dans la tête de leurs inventeurs. Ces innovateurs ont été animés par le rêve de résoudre un problème ou d'améliorer la vie des autres. Cela les a motivés à donner le meilleur d'eux-mêmes en vue de fournir une solution à l'humanité.

À la fin des années 1700, le virus de la fièvre jaune faisait de terribles ravages aux États-Unis. Les gens mouraient par milliers et la maladie a décimé complètement les habitants des villes portuaires de la Côte Est et des États du golfe, au sud. La ville de Philadelphie a perdu 10 p. cent de sa population à cause du virus mortel. Les médecins étaient perplexes face à la manière dont se répandait ce mal. Aucun des moyens de défense habituels, tels que changer les habitudes humaines, désinfecter les maisons à l'aide de vinaigre et de camphre ou éviter les contacts avec les victimes atteintes se sont avérés efficaces.

Après avoir mené de recherches approfondies sur la question, le médecin d'origine cubaine, Carlos Finlay, a émis l'hypothèse selon laquelle la transmission du virus ne se faisait pas directement d'humain à humain, mais devait impliquer un intermédiaire. Dans ce cas précis, il s'agissait d'un moustique. Toutefois, sa théorie inusitée à l'effet qu'un moustique pouvait être responsable de la propagation de la maladie fut ridiculisée pendant des années. Le *Washington Post* a qualifié l'hypothèse de Finlay de « stupide et insensée ». Durant ce temps, la fièvre jaune continuait à faire son lot de victimes. Les Français durent abandonner leur projet de construction du canal de Panama en grande partie à cause des milliers de leurs ouvriers qui sont morts de la fièvre jaune.

> *Le* Washington Post *a qualifié l'hypothèse de Finlay de « stupide et insensée ».*

Après vingt années infructueuses d'efforts acharnés en vue de faire la preuve scientifique de la validité de sa théorie, les travaux de Carlos Finlay furent éventuellement repris par trois chercheurs, Walter Reed, Jesse Lazear et William Gorgas. Ces médecins consacrèrent leur vie au rêve d'éradiquer le virus qui décimait des familles en tuant des milliers de personnes. Jesse Lazear mourut de la maladie après avoir été infecté durant l'un de ses essais cliniques. Mais le rêve des trois chercheurs fut éventuellement concrétisé. Ils parvinrent à résoudre l'énigme permettant de venir à bout du virus et mirent fin au carnage humain. En appliquant les méthodes mises d'abord de l'avant par Finlay, ils réussirent à contrôler la progression de la fièvre jaune à un tel point que les travaux de construction du canal de Panama purent enfin être complétés.

Ce fléau n'a pu être éradiqué sans intervention humaine. Cela a exigé l'engagement de plusieurs personnes caressant le rêve de trouver une solution à ce danger mortel. La concrétisation de leur rêve a changé la face du monde. De nos jours, il y a encore des biotechnologues aux quatre coins de la planète qui travaillent sans relâche parce qu'ils caressent le rêve de résoudre davantage des énigmes médicales innombrables qui caractérisent le corps humain.

Chacun de nous a la capacité de faire de ce monde un meilleur endroit où vivre, une fois que nous l'aurons quitté. Les problèmes abondent et des améliorations sont nécessaires. Le monde actuel a besoin de gens qui rêvent de pouvoir fournir une solution à ces problèmes. Ne vous contentez pas d'être un rêveur paresseux ou égoïste. Ne gaspillez pas votre vie à profiter des bienfaits résultant de l'accomplissement du rêve de quelqu'un, sans chercher à améliorer les choses pour les gens qui vous suivront. Devenez passionné par un rêve qui contribuera à améliorer la vie des autres. Il n'y a rien de mal à rêver d'une belle maison et de voyages aux quatre coins de la planète, mais il ne faut pas vous contenter de cela. Cultivez un rêve qui aidera votre prochain et vous libérerez ainsi une passion en vous qui sera assez puissante pour transformer le monde.

Alimenter le facteur amour

Le feu de la passion est nourri par les étincelles de l'amour. La cause fréquente de notre indifférence ou de notre manque de passion est que notre amour a perdu de son éclat. Bien qu'une telle situation s'applique en général à l'amour romantique entre deux personnes, la manière dont j'en parle ici est beaucoup plus large. L'amour résulte d'une décision que nous prenons et non d'une émotion ressentie.

Nous avons la capacité d'aimer les gens, même lorsque ces derniers le méritent le moins ; même lorsqu'il n'y a pas réciprocité. Nous avons vraiment cette capacité – nous sommes capables d'aimer les autres tous simplement parce que nous choisissons de le faire. Lorsque nous aimons, nous sommes alors à notre meilleur. Plus nous aimons et meilleur nous devenons en conséquence. Plus nous aimons et plus nous avons la passion de vivre ; et mieux nous nous sentons face à l'avenir. Comme l'a affirmé Franklin P. Jones : « L'amour ne fait pas tourner la terre, mais c'est ce qui fait en sorte que la randonnée en vaille la peine. »

J'ai découvert dans ma vie que le fait d'être préoccupé de moi-même avait tendance à diminuer mon niveau de passion face à la vie. J'ai compris que mon petit « moi » n'a pas assez d'envergure pour me garder enflammé dans l'existence. D'un autre côté, rien ne peut me rendre plus vivant que lorsque j'ai l'occasion de prendre soin des autres en m'oubliant moi-même. Dans les périodes de votre vie où vous manquez de passion, la question suivante pourrait s'avérer très utile à vous poser vous-même : « Ai-je investi trop d'énergie à me préoccuper de moi-même et de mes besoins en priorité ? »

Je comprends l'importance de s'aimer soi-même, mais si c'est tout ce que nous faisons, il y a alors de fortes chances que notre préoccupation de nous-mêmes nous amène à voir notre niveau de passion diminuer. Il y a quelque chose dans le fait d'aimer les autres qui ranime notre esprit et notre joie de vivre. Ainsi, si votre passion manque de chaleur, la raison en est peut-être attribuable au fait que votre amour s'est refroidi. Cela se produit continuellement. Nous devenons parfois si préoccupé par nos responsabilités que nous oublions que notre plus grande influence dans ce monde vient de la manière dont nous aimons les autres et non de nos réussites ou exploits personnels. Ceci étant dit, je ne crois pas me tromper en affirmant que plus nous aimerons et plus nous connaîtrons la réussite, plus nous nous démarquerons par nos exploits.

Gardez les yeux fixés sur l'avenir

Trop vous préoccuper de votre passé risque de drainer votre passion dans le présent autant que dans le futur. Tout le monde gâche les choses à un moment ou à un autre dans sa vie. Il n'y a aucune personne sur la planète qui ne souhaiterait pas pouvoir revenir en arrière et changer certaines choses dans son passé. Toutefois, le meilleur moment pour apporter ce genre de correctifs est toujours maintenant plutôt qu'à un moment spécifique dans le passé !

Lorsqu'il est question de direction dans laquelle se portent leurs regards, les gens semblent se retrouver dans l'un ou l'autre de deux groupes : ceux qui ne cessent de regarder en arrière en essayant de réparer ce qui a été brisé ou de trouver la pièce qui manquait, et ceux qui foncent vers l'avant en consacrant leur entière énergie mentale à leur futur. Un de mes amis dit souvent : « Comment pouvez-vous savoir dans quelle direction vous allez si vous passez votre temps à regarder en arrière ? » Je trouve qu'il dit vrai. Cela ne nous passerait jamais par l'idée de conduire notre voiture en gardant les yeux dans le rétroviseur. Et pourtant, combien souvent il nous arrive de rater de belles opportunités futures parce que nous essayons d'avancer en gardant les yeux sur ce qui se trouve derrière nous. Je ne suis pas en train de dire que ce n'est pas important de faire occasionnellement référence au passé, de manière à ne pas répéter une erreur deux fois. Mais il ne faut jamais laisser un intérêt occasionnel devenir une véritable obsession.

Ruminer continuellement un passé qu'il nous est impossible de changer n'est pas une bonne recette pour le maintien d'une bonne santé mentale ! Il y a une raison pour laquelle le rétroviseur d'une voiture est petit et le pare-brise grand. En conduisant, nous sommes censés investir davantage de temps à regarder où nous allons, en ne jetant que des regards occasionnels à ce qu'il y a derrière. Ce sont nos espoirs et nos rêves d'avenir qui stimulent notre passion et non notre histoire passée. C'est pourquoi gardez les yeux fixés vers l'avant. Demeurez fidèle à votre vision et cela nourrira la passion qui vous anime.

Utilisez votre insécurité à votre avantage

Une des choses les plus fascinantes au sujet de l'humanité est que nous souffrons tous d'insécurité. Il n'y a pas une seule personne sur la planète qui ne soit pas peu sûre d'elle-même et qui ne ressente pas un besoin profond d'acceptation. Que ce soit la personne qui voudrait pouvoir enfiler des vêtements d'une certaine taille ou conduire une catégorie spécifique de véhicule, la race humaine aspire à l'approbation d'autrui d'une manière ou d'une autre. J'ai eu le privilège de passer du temps avec des gens célèbres, riches, beaux, qui avaient connu la réussite ; ils jouissaient tous de privilèges qui, de notre point de vue, auraient dû les immuniser contre l'insécurité. Toutefois, comme tout le monde, ces gens luttaient tous avec le désir d'être approuvés par autrui. Bien sûr, ils affichaient par moments une assurance incroyable, mais ne faites surtout pas l'erreur de les croire. Sharon Osbourne a affirmé récemment : « La notoriété ne vous protège pas de l'insécurité. En fait, elle ne fait qu'augmenter le manque de confiance en vous. »

Utilisez votre insécurité de manière à ce qu'elle vous amène à devenir quelqu'un de différent.

Tous les programmes d'éducation et les approches de relation d'aide au monde n'ont pas réussi à éradiquer la propension fondamentale de l'être humain à connaître l'insécurité. C'est pourquoi il vous faut tirer parti d'une telle situation. Le besoin d'approbation peut inspirer une personne à vouloir s'améliorer. Utilisez votre insécurité de manière à ce qu'elle vous amène à devenir quelqu'un de différent.

Nous vivons dans un monde où les gens remarquent et font une place aux individus qui se sont démarqués dans une entreprise quelconque. Certaines personnes se sentent si contrariées que personne ne les remarque que cela les pousse à se prendre en main et faire leurs preuves par simple désir de jouir d'une certaine gloire et de l'admiration d'autrui. Faire vos preuves aura pour fruit qu'on vous remarque. Cela risque également d'améliorer la qualité de votre vie si vous parvenez à gérer votre succès avec sagesse. Toutefois, ce que cette réussite ne fera pas est éliminer votre insécurité. Vous aurez besoin de quelque chose de plus puissant que vos accomplissements et l'adulation des autres pour cela. Vous démarquer devant les autres va cependant vous procurer la détermination d'améliorer votre vie dans certains aspects. Que ce soit là une méthode fiable pour jouir de la paix mentale est une question qui n'est pas claire. Toutefois, il n'y a pas de doute, le désir de faire vos preuves libérera une passion en vous d'améliorer le monde et la position que vous y occupez.

Rappelez-vous de votre appel

Cet inducteur de passion comporte une certaine dose de mystère. Une telle expérience n'est pas le lot de tout le monde, mais pour certains, elle constitue un motivateur puissant. À un moment particulier au cours de leur cheminement, certains individus ressentent un appel mystérieux à faire quelque chose de spécifique avec leur vie. Ils font l'expérience de ce que certains appellent une communication divine. Récemment, un joueur de baseball professionnel a tourné le dos à un salaire de plusieurs millions de dollars pour se faire prêtre. Il a abandonné un style de vie impliquant du vin, de femmes et de l'argent en quantité pour se consacrer à une vie avec très peu de vin, pas d'argent ni femme. Qu'est-ce qui peut pousser un homme à prendre une telle décision ? Un appel – une passion pour quelque chose de plus grand que la notoriété et la fortune.

L'*appel* n'est pas réservé uniquement à la décision de se faire prêtre. Paul J. Meyer, homme d'affaires et philanthrope bien connu, a ressenti l'appel dans sa vie d'amasser de l'argent de manière à pouvoir soutenir des causes charitables. À cet effet, il aura fait don de plus de soixante millions de dollars avant de mourir, en 2009. Donner de l'argent était son appel et cela a insufflé à Paul J. Meyer une passion peu commune pour en accumuler le plus possible.

Pour ceux d'entre vous qui ont fait l'expérience mystérieuse d'un appel dans votre vie, vous rappeler de cet appel ravivera à coup sûr votre passion pour ce que vous avez été appelé à faire.

Rebondir après avoir touché le fond

Il existe un type de passion qui naît du fait d'avoir touché le fond. Lorsque vous finissez par en avoir vraiment marre de vivre une vie insatisfaisante, une passion peut jaillir alors en vous qui vous poussera à finalement changer les choses. Jim Rohn a formulé cela de la manière suivante : « J'ai découvert que les "choses" ne changent jamais – par elles-mêmes, je veux dire. Elles ne changent que lorsque l'être humain, rempli de dégoût, de désir et de détermination à changer crie finalement : "J'en ai assez de la défaite et de l'humiliation et je ne les tolèrerai plus désormais." » J'aimerais vous partager une occasion où cela s'est produit dans ma vie.

Durant des années en tant qu'adulte, j'avais tendance à rationaliser le fait que j'étais obèse. Je m'appuyais sur de grands mythes médicaux comme le fait d'avoir *une grosse structure osseuse,* pour justifier mes quinze kilos en trop au moins. Je me considérais comme ayant un « léger surpoids » et je ne voulais jamais admettre la réalité. Je savais que je pouvais entrer dans des jeans d'une certaine taille et ce n'est que lorsque j'ai dû me procurer des jeans d'un tour de taille supérieur que j'ai fini par admettre que j'avais franchi une limite. Quand j'avais une session de prises de photo à l'horaire, je m'astreignais à un régime drastique durant quelques semaines avant la séance photo. Le régime alimentaire, joint aux prises de vue selon des angles précis et un éclairage stratégique réussissaient à cacher mon double menton, mais de justesse. Même les meilleures retouches photos à l'aide d'outils numériques ne peuvent effacer les signes d'un réel surplus de calories.

J'ai toujours apprécié vivre à une époque où les mecs ont la possibilité de porter leur chemise hors de leur pantalon. Cela aidait à dissimuler l'évidence. Mais je détestais me procurer de nouveaux jeans parce que mon goût pour les glucides à indice glycémique élevé tels que le pain, les frites, les pâtes et les sucreries ne pouvait passer inaperçu alors. Lorsque j'étais plus jeune, lorsque mon poids dépassait un certain niveau, je m'entraînais avec intensité au gym durant quelques semaines pour abaisser mon poids. Mais à mesure que les années ont passé, les moyens drastiques tels que l'exercice intense, la course et les régimes sévères se sont montrés peu à peu moins efficaces. Le surplus de poids est devenu plus difficile à faire disparaître. Pendant ce temps, mon tissu adipeux ne faisait que prendre de l'ampleur chaque fois que je cherchais le réconfort et le plaisir dans les aliments. Vint finalement le jour où le poids de tous ces petits excès accumulés est venu à bout de mes rationalisations.

> *Lorsque vous finissez par en avoir vraiment marre de vivre une vie insatisfaisante, une passion peut jaillir alors en vous qui vous poussera à finalement changer les choses.*

Alors que je me préparais pour un événement spécial, j'ai enfilé mon costume préféré. C'était le costume le plus luxueux que j'avais jamais possédé. Je l'avais acheté dans une boutique de luxe de vêtements pour hommes, à

Melbourne, en Australie. Tandis que je me tortillais pour enfiler les pantalons et le veston, le costume me sembla avoir perdu tout son style. Alors que cet habit aurait dû me faire paraître à mon meilleur, mon physique transformait ce vêtement haut de gamme en habit bon marché. Alors que je me regardais de pied en cap dans le miroir, l'énorme vague de la réalité m'a frappé de plein fouet. À ce moment précis, la pensée que j'accusais simplement un « léger surplus de poids » m'a paru comme du déni pur et simple. L'idée selon laquelle il me serait possible de retrouver un poids raisonnable en m'astreignant à un régime de soupe aux choux et à quelques semaines intensives au gym était une illusion. Retrouver un poids santé ne serait pas une affaire de semaines, mais de plusieurs mois. Je n'avais aucune raison légitime de me trouver dans une telle condition physique. J'en étais le seul responsable. Sans aucun égard pour ma santé, l'habitude de manger trop et mal m'avait plongé dans un abîme et je venais de toucher le fond.

J'ai donc sorti caméra et trépied pour prendre une série de clichés peu flatteurs, histoire de documenter ma condition physique. Les photos étaient plutôt embarrassantes. Sans l'ombre d'un doute, l'excès de poids exerçait un stress inutile sur mon cœur et avait causé de douloureuses fasciites plantaires à mes pauvres pieds. Regarder ces photos a fait naître en moi le vif désir de changer pour le mieux. Le fait d'atteindre le fond du baril a suscité en moi une passion de m'améliorer. Cela faisait maintenant des lunes que je ne m'étais pas senti bien face à ma santé et à la manière dont mes vêtements m'allaient. Je devins passionné par l'idée de me créer une nouvelle réalité. Parfois, il faut toucher le fond avant de pouvoir remonter à la surface.

Dépassez les autres en gravissant l'échelle

Si l'échelle est appuyée sur le bon mur, alors efforcez-vous d'y grimper jusqu'au sommet avant les autres. Vous êtes né avec un esprit de compétition. Utilisez-le à votre avantage ! Une des raisons pour lesquelles j'aime bien m'associer avec des gens qui ont réussi est que cela stimule mon esprit de compétition. Ma passion se met spécialement à bouillonner et me pousse à donner le meilleur de moi-même lorsque je vois des gens plus jeunes que moi qui font les choses mieux que moi !

Il y a des moments où ma passion provient du pur désir de faire du bien à mon prochain. Il y a d'autres moments où ma passion vient de mon désir de *battre* mon vis-à-vis ! J'imagine qu'il devrait y avoir un équilibre entre les deux.

> *Si quelqu'un se mérite plus de récompenses que vous, n'en soyez pas jaloux ou frustré. Soyez plutôt motivé à faire mieux que lui la prochaine fois !*

N'adhérez surtout pas à la philosophie qui prétend que la « vie n'est pas une compétition » pour justifier le fait de faire le minimum requis. Une saine compétition devrait nous pousser les uns les autres à atteindre une plus grande efficacité. Si quelqu'un se mérite plus de récompenses que vous, n'en soyez pas jaloux ou frustré. Soyez plutôt motivé à faire mieux que lui la prochaine fois !

Jetez le gant

Dans les siècles passés, lorsqu'un chevalier voulait provoquer un autre en duel, il devait retirer son gant et le lancer au sol devant son adversaire. Si ce dernier ramassait le gant, c'était alors le signe pour celui qui lui avait lancé le défi que le duel était relevé. C'est de là que vient l'expression « lancer le gant ».

Lancer un défi est une histoire qui remonte à loin. Cela fait appel à quelque chose en nous qui aspire à se montrer à la hauteur des défis. Souvent, les passions des gens sont déclenchées lorsqu'on leur lance un défi personnel. Tout chef d'équipe doit devenir un adepte du « lancer du gant ». Cela signifie pour lui retirer le gant de protection en se rendant vulnérable, pour ensuite lancer un défi à votre équipe.

Savoir lancer des défis est un art qui se cultive. Vous pouvez le faire en vue d'une récompense, comme par exemple : « Je vous mets au défi d'atteindre ce niveau et si vous le faites, vous vous mériterez une récompense sous la forme d'un voyage à Hawaii ». Ou une forme moins altruiste de lancer du gant peut être utilisée, comme par exemple : « Il vous faut atteindre ce niveau, sinon vous devrez vous trouver une nouvelle équipe ».

Il arrive parfois qu'un leader pousse la hardiesse jusqu'à utiliser un élément d'humiliation comme technique pour lancer un défi, comme par exemple, dire à quelqu'un devant ses coéquipiers : « Je ne crois pas que tu sois en mesure de faire telle chose. Tu n'en as pas les capacités ! » Le membre de l'équipe se sent alors si humilié par ce que le leader a affirmé qu'il aura tendance à ramasser le gant et à réussir, malgré les dires du leader ! Bien sûr, le leader savait depuis le début que la personne était capable, mais il n'a utilisé cette technique que pour pousser le membre de l'équipe à l'action. Bien qu'il s'agisse

Un leader d'équipe doit devenir un expert dans le « lancer du gant ».

là d'une façon très efficace de lancer un défi, il faut être prudent en l'employant car la situation peut se retourner contre vous. J'ai utilisé cette technique une fois et non seulement la personne ne s'est-elle pas montrée à la hauteur du défi, mais elle ne m'a jamais plus adressé la parole !

En général, les gens aiment qu'on les mette au défi – surtout lorsqu'une récompense est en jeu. Les gens aiment voir leur valeur confirmée par les autres membres de leur équipe lorsqu'ils ont réussi à relever un défi. C'est souvent ce qui est nécessaire pour stimuler la passion chez les gens et les pousser à agir.

Est-il possible de se lancer le gant à soi-même ? Pas d'une manière très efficace. Nous pouvons prendre des engagements hardis envers nous-mêmes, mais lorsque les choses se corsent, nous réussissons facilement à nous persuader nous-mêmes de ne pas remplir de tels engagements. Toutefois, cela peut être efficace lorsque nous demandons l'aide d'un membre de notre équipe. Nous pouvons ainsi faire le pacte de nous mettre au défi mutuellement et de nous montrer redevables l'un envers l'autre. De nous lancer, en fait, le gant l'un devant l'autre. Il est dans notre nature humaine de relever des défis, surtout lorsqu'une récompense intéressante est en jeu. Tirez avantage de cette propension humaine à développer la passion nécessaire à la réussite.

Choisissez d'être passionné

Ultimement, la passion résulte d'un choix personnel. La différence entre l'individu passionné et celui qui est apathique se trouve souvent dans un tel choix. Les gens motivés s'entraînent à être passionnés. Les gens apathiques attendent de se sentir inspirés par quelqu'un d'autre ou attendent que les circonstances soient favorables à ce qu'ils se montrent passionnés.

Vous demanderez peut-être : « Que pensez-vous de l'idée que je me trouve une vocation que j'adore tellement que la passion pour ce que je fais ne soit jamais un problème ? » J'avoue que cela me semble super et la philosophie à la mode qui veut que lorsqu'on fait ce qu'on aime, l'argent soit toujours au rendez-vous semble alléchante. Toutefois, une telle conception risque d'amener plutôt les gens à vivre dans le malaise continuel à la longue – en cherchant à tout prix à vivre cet idéal. Mon expérience m'a plutôt montré que les grandes récompenses sont accordées au gens qui choisissent avec enthousiasme de faire ce que les autres n'ont pas envie de faire. Vous enseigner vous-mêmes à vous acquitter avec passion de choses difficiles vous procurera de belles récompenses.

Trop de gens passent leur vie entière à sauter d'une occasion qui se présente à l'autre et ils finissent par se retrouver sans le sou au bout du compte. Ils cherchent quelque chose qui n'exigerait aucun effort de volonté parce que la passion est pour eux un sentiment qui devrait venir *naturellement*. Il est louable d'avancer dans la direction de ce qui nous passionne. Cela est vraiment une bonne idée de se mériter un salaire au moyen d'activités qui nous passionnent. Mais je sais aussi que si ce qui vous passionne ne vous permet pas de payer vos factures, alors les inquiétudes et les soucis viendront à bout de votre zèle.

D'un autre côté, un bien plus grand nombre de personnes ont réussi dans leur vie parce qu'elles ont choisi de s'engager dans une entreprise viable et qu'elles ont choisi de se montrer passionnées dans cet effort – surtout lorsqu'elles n'en avaient pas naturellement envie. Rapprochez-vous le plus possible de ce qui vous passionne, mais comprenez également que toute démarche assurant un revenu comporte certains aspects qui ne vous enchanteront pas. Apprenez à être passionné par choix et vous éviterez ainsi de perdre temps et argent à sauter d'une occasion à l'autre, parce que vous souffrez de TDAE (trouble de déficit de l'attention en entreprise).

De grandes récompenses sont accordées au gens qui choisissent avec enthousiasme de faire ce que les autres n'ont pas envie de faire.

Et maintenant, le comment : ***la passion***

1. Créez intentionnellement une occasion de faire grandir votre passion. Réaménagez certains aspects de votre vie, de manière à vous accorder le temps nécessaire pour retrouver votre passion.

2. Redéfinissez-vous comme une personne passionnée de nature. N'attendez pas que les circonstances vous semblent favorables pour faire preuve de passion. Soyez passionné parce que vous en avez pris la décision.

3. Invitez à déjeuner quelqu'un qui démontre de la passion. Et oui, réglez la note ! Efforcez-vous de découvrir la source de la passion qui l'anime et incorporez les qualités observées à votre propre vie.

4. Élargissez vos rêves de manière à ce qu'ils apportent un bienfait à votre communauté la plus grande – le monde entier !

5. Rencontrez régulièrement des personnes passionnées. Créez des occasions favorables, si un tel contexte n'existe pas.

Pour avoir rapidement du carburant : ***la passion***

Vous ne trouverez aucune passion dans le fait de vous économiser – en vous contentant d'une vie qui est en deçà de celle que vous êtes capable de vivre. *—Nelson Mandela*

Nos passions sont les vents qui propulsent notre vaisseau. Notre raison est le pilote qui le dirige. Sans les vents, le vaisseau ne bougera pas ; et sans le pilote, il risque de se perdre en mer. —*Proverbe*

L'arme la plus puissante au monde est l'esprit humain lorsqu'il s'enflamme. —*Maréchal Ferdinand Foch*

La plupart des gens manquent de puissance et ils sont débordés au travail. —*Anon*

Le courage d'un grand leader pour mettre en œuvre sa vision vient de sa passion et non de sa position. —*John Maxwell*

Rien de ce qui a été accompli d'extraordinaire dans ce monde n'a été fait sans la passion.
—*George Wilhem Friedrich Hegel*

Ceux qui sont animés d'une passion qui les habite peuvent accomplir des choses soit très bonnes, soit très mauvaises. Tout dépend des principes qui les dirigent.
—*Napoléon Bonaparte*

Les passions sont ce qui fait vivre les hommes ; le savoir les fait à peine durer. —*Chamfort*

Il nous faut mettre la passion en œuvre avant d'en ressentir l'effet. —*Jean-Paul Sartre*

Il n'y a pas de grandeur sans la passion d'être grand, que ce soit l'aspiration d'un athlète, d'un artiste, d'un scientifique, d'un parent ou d'une personne en affaires.
—Anthony Robbins

Je crois que l'éducation n'est rien d'autre que la passion que l'on ressent pour quelque chose. Le fait de voir la passion et l'enthousiasme chez quelqu'un aide grandement à la communication du message éducationnel. *—Steve Irwin*

Atelier de réussite : ***la passion***

1. Êtes-vous naturellement passionné en tant que personne, ou avez-vous besoin de choisir de l'être régulièrement ? Évaluez-vous sur l'échelle qui suit.

   1 2 3 4 5 6 7 8 9 10

   Passionné par choix . . . . Passionné de nature

2. Nommez deux choses dans votre vie qui vous épuisent actuellement et qui vous portent à vous sentir sans aucune passion face au quotidien :

   ____

   ____

   Que pourriez-vous réarranger dans votre vie pour faire un peu de place à la passion ?

   ____

   ____

   ____

3. Nommez trois personnes que vous admirez pour la passion avec laquelle elles font les choses :

____

____

____

Quelles sont les caractéristiques de leur passion qui vous impressionnent ?

____

____

____

____

Lesquelles des caractéristiques mentionnées pourriez-vous commencer à imiter dès aujourd'hui ?

____

____

4. Nommez trois situations où vous pourriez faire preuve de plus de passion.

____

____

____

Chapitre 5
Le risque

La recherche de sécurité est ce qui menace toute noble entreprise humaine.
Tacite

Quatre collégiens ont fait l'école buissonnière jusqu'au déjeuner et fournirent comme excuse le fait qu'ils avaient eu une crevaison en route vers l'école. « Eh bien, dit leur professeur, vous aurez à reprendre l'examen que vous avez raté ce matin. » Il les plaça ensuite dans quatre coins différents de la classe, de manière à ce qu'ils ne puissent pas voir les réponses des autres. Puis il leur posa la première question : « Laquelle des roues a subi la crevaison ? »

Certains risques n'en valent vraiment pas la peine. Mais alors que certains risques sont inutiles, il n'y aura éventuellement aucune possibilité de réussite si la personne choisit la sécurité. Des entrepreneurs de toutes sortes attribuent leur succès à leur volonté de prendre des risques, de choisir d'agir d'une manière qui n'assure aucune garantie de résultat favorable.

Il est facile de comprendre pourquoi les gens ont une aversion naturelle pour le risque. Au fond, ils veulent éviter la souffrance, les regrets et les situations embarrassantes. Notre logique naturelle nous porte à penser que si les choses ne se déroulent pas selon nos plans, nous nous retrouverons éventuellement dans une situation pire qu'avant. Une telle conclusion n'est pas injustifiée. Le conseil de ne pas courir de risque inutile est là parce que les gens, dans leur vif désir d'améliorer leur situation, perdent parfois beaucoup lorsque la réalité ne répond pas à leurs attentes. Toutefois, choisir la sécurité dans notre zone de confort peut s'avérer également l'endroit le plus dangereux qui soit. Nous pouvons perdre beaucoup plus en recherchant notre sécurité avant tout. Si vous ne courez aucun risque d'échouer, vous risquez alors de ne jamais connaître la véritable réussite. Assurer votre sécurité en premier en ne vous aventurant jamais en-dehors de votre zone de confort est de vous infliger à vous-même possiblement le plus grand dommage qui soit dans votre vie. Comme l'a affirmé Geothe : « Les dangers abondent dans la vie et parmi eux il y a celui de la sécurité à tout prix. »

Prendre des risques ne vous assurera pas la réussite, mais ne pas en prendre vous garantira la vie la plus insignifiante qui soit.

La peur du risque, ou le regret d'occasions manquées sont deux choses qui accaparent l'esprit d'une personne. La seule manière d'y échapper est justement de prendre certains risques. Prendre des risques ne vous assurera pas la réussite, mais ne pas en prendre vous garantira la vie la plus insignifiante qui soit. Au bout du compte, le coût d'une telle vie insignifiante se révélera immensément plus élevé que n'importe quelle perte encourue dans la quête d'une vie extraordinaire. Le prix à payer pour une vie sans risque sera celui de devoir sacrifier toutes les réussites que vous auriez pu connaître. Si vous ajoutez à cela la douleur, les lamentations et les regrets éventuels quant à la manière dont les choses auraient pu se passer, le coût d'une vie axée sur la sécurité est très élevé. Il vous faut donc éviter une vie sans risque à n'importe quel prix.

Surmontez la peur de vous trouver dans l'embarras

Tout ce qui nous est arrivé sur les terrains de jeux de notre enfance a sûrement laissé sa trace sur notre fragile estime personnelle. Nous détestons faire rire de nous et abhorrons complètement être le sujet des plaisanteries d'autrui. Je me demande quel pourcentage de ce que nous sommes devenus en tant qu'adultes est attribuable aux moqueries et à l'intimidation dont nous avons été les objets en tant qu'enfants. Je pense que ce pourcentage est énorme. Quoi qu'il en soit, bien que la source de dérision ait été différente selon les personnes, être l'objet du ridicule a eu le même effet dévastateur chez chacun de nous. L'auteur Mignon McLaughlin a bien résumé la chose lorsqu'il a écrit ce qui suit : « La peur d'être l'objet des moqueries d'autrui a fait de chacun de nous un trouillard. » Quelqu'un d'autre a développé la même idée en affirmant : « Nombre de grandes idées sont restées lettre morte, parce que les gens qui les ont eues n'avaient pas le courage d'affronter les moqueries des autres. »

Dans ma propre expérience, la seule manière de surmonter la peur du ridicule est d'avoir beaucoup d'occasions de vivre une telle expérience. Cela vous guérit. Éventuellement, vous comprenez que la seule façon de mourir de honte est de le faire par votre propre initiative. Dans certains pays, il est obligatoire pour les citoyens de faire deux années de service militaire. Je crois que ce serait une bonne idée pour toutes les jeunes personnes de passer deux ans à faire de la politique. Plus que toute autre position qu'une personne occupe dans une société où règne la démocratie, celle de politicien l'expose le plus à la critique, à la dérision et aux attaques des autres. Je me demande parfois comment font les politiciens pour gérer toutes ces attaques négatives à leur endroit. Et pourtant ils arrivent à le faire. Ils finissent par s'habituer à la chose. Ils s'endurcissent. Personne ne vient au monde en ayant la couenne aussi dure. On devient indifférent aux attaques personnelles et aux moqueries en survivant à nombre d'abrasions.

Personne ne vient au monde en ayant la couenne aussi dure. On devient indifférent aux attaques personnelles et aux moqueries en survivant à nombre d'abrasions.

Si vous voulez connaître la réussite, secouez votre peur du ridicule, du rejet ou de la dérision de la part d'autrui. Vouloir éviter le ridicule ne vous procurera pas nécessairement la sécurité que vous recherchez, cela vous rendra plutôt vulnérable. La peur des moqueries fera de vous une personne timorée et sans le sou.

Apprenez à rire de vous-même en premier et vous aurez toujours ainsi une longueur d'avance sur ceux qui cherchent à se moquer de vous. C'est là la clé qui permet d'atténuer les effets de la gêne et de la honte. Percevez-vous vous-même comme quelqu'un qui est prêt à initier des moments où tout le monde s'amuse, même lorsque cela se fait à vos dépens. La honte et l'embarras ressentis sont souvent le signe d'une trace d'orgueil ou d'insécurité. Ces deux éléments constituent des faiblesses de caractère qui vous empêchent de nouer des relations significatives avec autrui. Soyez le premier à reconnaître vos travers devant les autres ; ainsi, lorsque vous vous comportez de manière à susciter les taquineries des autres, vous serez alors le premier à en rire avec eux. Tout le monde s'amusera et vous aurez effectivement remporté une victoire sur votre orgueil et votre insécurité à chaque rigolade. Surmontez votre crainte de tout ce qui pourrait vous mettre dans l'embarras.

Surmontez votre peur de tout perdre

Il serait normal de croire que ceux qui ont tout perdu sont les premiers à craindre de tout perdre à nouveau. Toutefois, tel n'est pas le cas. Les gens qui ont traversé la difficile expérience de se retrouver sans rien ont tous compris alors que la vie continuait son cours et qu'il leur était possible de s'en remettre. Souvent, vous ne découvrez votre propre résilience et votre force que lorsque vous risquez vraiment de tout perdre.

Robert H. Schuller raconte l'histoire de la tornade qui a complètement détruit la maison et la ferme familiale lorsqu'il était gamin. Il ne restait absolument rien, pas même des ruines. La tornade agit comme un immense vacuum, aspirant tout sur son passage et ne laissant rien derrière, sinon les fondations de ciment. Avec une jeune famille à nourrir, le père de Schuller s'empara alors d'un marteau et commença à enlever les clous tordus sur des vieux madriers. Schuller raconte comment il observait son père en train de redresser ces clous et les utiliser pour reconstruire leur vie.

Nous craignons qu'en perdant tout, ce sera alors la mort pour nous. Bien au contraire, nombre de personnes qui ont brillamment réussi l'ont fait parce qu'elles avaient précédemment tout perdu. Nombre de ceux qui doivent recommencer à zéro, reprennent ce qu'ils avaient perdu dans la moitié du temps qu'il leur a fallu pour l'obtenir en premier lieu. La sagesse acquise en cours de cheminement leur a donné une extraordinaire traction lors du deuxième tour de piste.

Je crois que l'on peut même souligner les bienfaits qu'il y a à perdre, du moins une fois dans la vie. Cela vous aide à comprendre à quel point vous êtes capable de survivre à cette expérience et de reconstruire sur de nouvelles bases. Est-il possible de sombrer cependant en risquant trop ? Bien sûr. Surtout si vous avez une famille à nourrir, il serait plus sage pour vous de ne pas vous comporter comme un écervelé. Bien que prendre des risques s'avère essentiel pour connaître la réussite, prendre des *risques inutiles* est une très mauvaise approche.

Plusieurs grands empires ont été construits avec des clous redressés.

Il y a des années, un homme d'affaires, dont l'extraordinaire réussite financière a été réalisée dans le contexte d'une douloureuse faillite personnelle préalable, m'a donné le conseil suivant : « Construisez votre château, placez des collines autour, puis foncez, en sachant que vous aurez toujours un foyer qui vous attend, que vous connaissiez la victoire ou l'échec. » En somme, il voulait dire de prendre des risques hardis, sans toutefois risquer au point de mettre la sécurité de notre famille et les provisions de base en péril. Il existe un dicton qui affirme : « Il faut aspirer à la grandeur, ou il vaut mieux rester chez soi ! » Une telle affirmation semble hardie et courageuse, mais j'ajouterais pour ma part : « N'aspirez pas à connaître la grandeur au point où, si les choses tournent mal, votre famille soit privée d'un foyer où trouver refuge ! »

De réels dangers se trouvent dans les tendances extrêmes de ne pas risquer assez ou de risquer trop. Certaines personnes errent du côté de ne vouloir courir aucun risque par crainte de tout perdre. D'autres, comme Icare, en mythologie grecque, essaient de voler jusqu'au soleil avec des ailes faites de plumes et de cire. Ils passent leur temps à tout risquer dans l'espoir de toucher le « gros lot » qui pourrait régler tous leurs problèmes. Invariablement, ils s'écrasent tôt ou tard sur terre. Pour ceux d'entre vous qui aiment prendre de gros risques, il serait bon de vous rappeler qu'un risque calculé est très différent de la pensée magique liée aux jeux de hasard. Pour ceux d'entre vous qui sont d'emblée hésitants à prendre un quelconque risque parce que vous craignez de tout perdre, sachez que cette triste éventualité ne signifiera pas la fin pour vous. Plusieurs grands empires ont été construits avec des clous redressés.

Abandonnez le besoin d'avoir des garanties

Avez-vous déjà entendu l'expression *la garantie de la foi* ? Je suis sûr que non. Les gens parlent de la foi comme d'un *saut dans le vide* pour une simple et bonne raison. Il n'existe aucune garantie quant à la manière dont les choses risquent de tourner éventuellement. Nombre de personnes ne sont pas disposées à prendre des risques parce qu'elles ne sont pas certaines de la manière dont les choses vont tourner. Pour progresser, vous devez vous habituer à prendre des risques sans avoir le confort d'aucune garantie. L'ancien footballeur Jim McMahon a affirmé : « Oui, courir des risques comporte l'éventualité de connaître l'échec, autrement, cela s'appellerait *vivre des choses certaines.*

Le monde des affaires repose largement sur le concept suivant : les résultats passés n'offrent aucune garantie de performance future. La libre entreprise est une aventure de foi – la foi que la sage mise en pratique de principes, de procédures et de la persévérance en affaires conduira éventuellement davantage à la réussite qu'à l'échec. Il est clair qu'à la fin de la journée, personne ne peut offrir la garantie que les choses vont bien tourner. La seule certitude est qu'il est impossible de connaître la réussite sans prendre de risques.

Ne vous laissez pas stopper par vos mauvaises expériences passées

Qui a envie de remonter sur le ring après avoir subi une raclée du tonnerre ? Quelle personne sensée oserait désirer réessayer lorsque sa première tentative a tourné au vinaigre ?

J'aimerais dire d'abord que lorsque vous avez beaucoup à perdre, il est très douloureux d'échouer. Loin de moi l'idée de minimiser une telle expérience. Il n'y a rien que je puisse dire qui fasse voir n'importe quel échec sous un jour merveilleux. Cela est tout simplement terrible lorsque quelque chose en lequel vous avez mis beaucoup d'espoir ne réussit qu'à vous faire vous sentir affreusement mal. Rêver de connaître la douceur de la réussite pour ensuite se retrouver avec un échec cuisant sur les bras est plutôt brutal pour l'estime de soi. Il se peut qu'il vous faille du temps pour retrouver confiance en vous et pour vous fier à nouveau à votre instinct. Même le chocolat le plus savoureux a ses limites quant à son pouvoir d'apaiser un esprit torturé par la souffrance.

Si votre dernière expérience a été un désastre, il est vital de la faire suivre d'une bonne expérience pour qu'elle ne puisse continuer à secréter son poison corrosif sur l'image que vous entretenez de vous-même. L'échec permet sans doute d'affiner le caractère, mais il risque de passer dangereusement près de définir votre caractère si vous le laissez mijoter trop longtemps dans son jus. Il est impératif que vous empêchiez une mauvaise expérience passée d'avoir une influence déterminante sur ce qui vous définit en tant que personne.

> *« La vie est trop courte et je n'ai pas l'intention d'en gaspiller une seule seconde à m'accrocher à des blessures ou des déceptions passées. »*
> Chris Falson

Si un échec passé vous porte à hésiter de prendre des risques à nouveau, vous avez élevé cet échec au rang de maître sur votre vie. Ne laissez jamais un quelconque épisode de ce genre avoir autant de pouvoir sur vous. Continuez à prendre des risques et même si vous faites l'expérience d'une pléthore d'échecs, vous aurez au moins le mérite de ne pas vous être laissé définir par l'un d'eux en particulier. La clé fondamentale consiste à ne pas cesser de prendre des risques et à mettre en pratique tout ce que vous avez appris quand les choses n'ont pas fonctionné. La mise en pratique de ce que vous avez appris constitue la préparation de votre éventuelle réussite.

Le cofondateur de *People of the Second Chance,* Mike Foster, résume bien la chose ainsi :

« Lorsque vous faites l'expérience d'un événement tragique sur le plan personnel, votre réaction humaine naturelle est de chercher à *vous protéger* à l'avenir. Le fait de désirer ne jamais revivre la même douleur entraîne comme conséquence que chaque pensée, action, décision et relation est évaluée au moyen du filtre de cette tragédie passée. Cela est normal et logique de chercher à se protéger – de retenir une partie de soi dans les relations. De s'hérisser. De vouloir minimiser les risques éventuels. D'entretenir des rêves moins grandioses.

« Il est ironique de constater, néanmoins, que ce n'est pas la mauvaise expérience passée qui ruine votre vie. C'est plutôt le mode d'autoprotection que vous avez mis en place pour composer avec vos blessures. Vous avez arrêté de vivre. Vous êtes devenu l'otage de votre douleur, au lieu de la laisser vous enseigner. La vie est devenue dès lors une version bon marché de ce pourquoi vous avez été créé. C'est un choix qui vous revient et qui dépend de la manière dont vous réagissez à ces situations. Vous pouvez vous fermer et vous recroqueviller sur vous-même, ou vous pouvez apprendre de la situation et ensuite, faire confiance à nouveau. »

Le monde a grand besoin de gens qui connaissent la réussite parce qu'ils se sont laissés enseigner par l'expérience d'avoir investi des efforts dans un projet qui n'a pas fonctionné. C'est la personne qui a pu se relever d'échecs cuisants qui est la mieux placée pour aider les autres à faire de même. C'est pourquoi vous devez continuer à prendre des risques.

Devenez un intrépide qui prend des risques calculés

Prendre un risque et miser gros au jeu de hasard sont deux réalités bien différentes. La deuxième option implique d'exposer le bien-être de votre famille à rien de plus qu'un coup de dés, en comptant sur votre bonne fortune. Si vous allez de l'avant dans un projet en vous basant sur des preuves insuffisantes ou des informations sommaires, vous êtes sans doute alors en train de compter plus ou moins sur votre bonne fortune.

Durant les années de ce qu'il est convenu d'appeler maintenant la « bulle technologique » Warren Buffet a été tourné en ridicule pour avoir refusé d'investir dans les titres technologiques. Sa réponse était très simple : « Je n'investis pas dans des choses que je ne comprends pas. » Lorsque les valeurs du secteur techno entier se sont effondrées, quelques années plus tard, Buffet a évité ainsi l'hécatombe. Il s'est révélé le génie qu'il est de nouveau. Lorsque des occasions se présentent impliquant des détails extrêmement sophistiqués et complexes, Buffet a tendance à les éviter. Il considère investir dans des choses qu'il ne comprend pas comme rien d'autre qu'un jeu de hasard.

> *La route de la vie est remplie de nids-de-poule. Toute planification qui exige qu'on réussisse à les éviter tous est un plan qui mène à un désastre certain.*
>
> Warren Buffett

Une maxime veut que dans la vie, la compréhension engendre la tolérance. Votre tolérance à l'égard du risque devrait provenir du fait que vous comprenez les bons et les mauvais aspects d'une affaire, de même que les enjeux internes et externes qu'elle comporte. L'ignorance aveugle, accompagnée de l'espoir qu'une chose fonctionne ne devraient pas être des raisons suffisantes pour prendre un risque. Lorsqu'il parle de risques qui finissent par faire du mal à ceux qui les ont pris, l'expert en investissements, Burt White, met une bonne partie de la faute sur nos présupposés aux ambitions exagérées, notre manque de savoir bien gérer le risque, et une mauvaise planification des risques éventuels. Souvent, le *risque* est mis en cause lorsque les choses tournent mal. Mais le véritable élément responsable du malheur n'est pas le risque en soi, mais le manque de patience et de diligence, qui auraient permis à la personne de conclure que le risque ne valait pas la peine d'être pris au départ.

En tant qu'architecte de votre futur, vous êtes appelé à être l'initiateur des risques que vous prenez. Ne vous laissez pas imposer l'obligation de courir un risque dont vous ne comprenez pas parfaitement les enjeux. Ne prenez jamais de risque sans avoir demandé l'avis de personnes sages autour de vous et sans avoir bien évalué les coûts éventuels impliqués. La réussite ne se réalise jamais en droite ligne. C'est pourquoi le risque que vous prenez doit toujours tenir compte de la possibilité que certaines choses ne se passent pas aussi bien que prévu. Comme Buffet l'affirme : « La route de la vie est remplie de nids-de-poule. Toute planification qui exige qu'on réussisse à les éviter tous est un plan qui mène à un désastre certain. » Tenez compte du fait que certaines choses risquent de mal tourner, mais ne laissez pas cette possibilité vous empêcher de prendre un risque. Il vous faut prendre des risques, mais des risques intelligents.

Lancer les dés en y investissant votre dernier dollar ou jouer plutôt la sécurité sont deux démarches qui s'appuient essentiellement sur votre bonne ou mauvaise fortune. Prendre des risques intelligents n'est jamais un pari que l'on fait. Bien qu'il ne saurait y avoir de garantie de résultats positifs, les gens habitués à prendre des risques intelligents vérifient toujours s'il n'y a pas des rochers sous la surface avant de choisir de se lancer à l'eau. Ils savent qu'« espérer le meilleur » ne constitue pas une stratégie de réussite. Ils savent également que ne jamais se mouiller risque de ruiner toute possibilité pour eux d'accomplir de grandes choses. Soyez donc un preneur de risques intelligent et prenez-en de plus en plus. Ce monde comporte un grand nombre de preneurs de risques efficaces et vous devriez vous joindre à eux.

Assurez-vous une croissance plus rapide

Vous connaîtrez une croissance plus rapide dans un plus court laps de temps si vous prenez des risques. Faites tout en votre pouvoir pour éviter de commettre des erreurs, mais rappelez-vous que le fait d'avoir peur de se tromper constitue la plus grande erreur qui soit. Si vous êtes en train de languir en faisant du surplace, procédez à un exercice personnel d'évaluation de risque. Récemment, un ami m'a demandé : « Quels sont les plans que tu as fait pour l'année qui vient que tu considères comme étant dangereux ? » Sa question m'a décontenancé pour un moment. Il n'était pas en train de m'encourager à faire du *base jump,* mais il a réussi à me faire voir une lacune dans mes plans.

Bien que j'aie préparé une longue liste de projets et de défis formidables pour l'année qui vient, je pouvais les catégoriser tous comme étant difficiles, mais non dangereux. Bien que ces projets exigent de grands efforts de ma part, je ne risquais pas grand chose d'autre que mes efforts dans le processus. Mon ami m'a mis au défi d'inclure quelque chose dans ma planification annuelle qui me mettrait en danger de voir les murs de ma zone de confort éclater en mille morceaux. M'installer dans un processus lent de croissance personnelle n'est pas ce que je pourrais, pour ma part, qualifier de vie abondante. Et ça ne devrait pas être le cas pour vous non plus. Quels sont vos plans pour cette année que vous pourriez considérer comme dangereux ?

Augmentez votre connectivité

Les gens ont tendance à s'identifier avec vous à cause de vos échecs plutôt qu'à cause de vos réussites. Bien qu'ils puissent envier vos succès, ils auront tendance à se sentir liés à vous à cause des défis auxquels vous êtes exposé. C'est la manière dont vous avez surmonté vos difficultés qui donne aux gens l'espoir de réussir à en faire autant. Ce qu'a affirmé George Torok est bien vrai : « Nous admirons le plus ceux qui sont en mesure de faire un *come-back* – de se relever après avoir fait une chute. Nous avons beaucoup plus d'admiration pour une telle personne que pour celle dont le parcours s'est déroulé sans anicroches.

> *Être réfractaire au risque vous rend ennuyeux socialement. Ce sont les moments excitants et les gaffes commises dans votre vie qui vous rendent intéressants pour autrui.*

Un des dangers d'être réfractaire au risque est que la chose réduit sensiblement votre capacité d'être en relation avec les autres. Si vous n'avez jamais risqué et perdu quelque chose, alors votre pouvoir de toucher et de rejoindre le cœur d'autrui est limité. C'est au travers de vos drames que les gens sont le plus en mesure de s'identifier avec vous – le risques que vous avez pris, ceux qui n'ont pas produit les résultats escomptés, et la manière dont vous avez choisi de continuer malgré tout. Les gens sont profondément inspirés par l'histoire des autres.

Ne risquez donc pas d'avoir un coefficient d'identité faible avec autrui. Efforcez-vous plutôt de prendre le plus grand nombre de risques possible. Vous vous mériterez ainsi le privilège de jouir d'un plus grand attrait auprès de personnes qui poursuivent le même idéal que vous. Être réfractaire au risque vous rend à toute fin pratique complètement ennuyeux socialement. Ce sont les moments excitants et les gaffes commises dans votre vie qui vous rendent intéressants pour autrui. Si vous vous protégez d'échecs potentiels ou cherchez à éviter l'inconfort, vous n'aurez alors aucune expérience palpitante à partager. Ainsi, sortez de votre cocon et prenez des risques pour être en mesure d'apporter votre contribution intéressante à la soirée célébrant les réussites.

Augmentez votre autonomie personnelle

Être allergique au risque assure non seulement l'absence de réussite, mais cela porte à devenir dépendant. Comme tout fermier le sait, répandre la semence au printemps lui fera éviter de se retrouver dans le besoin à l'automne. Ne pas vouloir courir le risque de produire quelque chose de valable pour autrui est de risquer de devenir dépendant de la bonté des autres. Ne soyez pas dépendant de la moisson accumulée par autrui après avoir encouru un risque. La personne qui court le risque est celle qui est récompensée par l'autonomie personnelle et la liberté d'action.

Faites preuve de plus de hardiesse

Jusqu'à quel niveau serez-vous en mesure de gravir l'échelle de la réussite ? Jusqu'au plafond érigé par votre timidité. La timidité de certains individus les retient à tel point qu'ils arrivent à peine à élever la voix. Un jour, je me suis arrêté dans un café et j'ai passé ma commande. Tandis que j'attendais au comptoir qu'on me serve mon repas, une des jeunes caissières s'efforçait de capter l'attention d'un homme qui venait de commander une portion de gâteau au fromage. Ce dernier attendait sur le côté et regardait ailleurs. Les premières tentatives de la jeune femme de dire à l'homme : « Monsieur, votre gâteau au fromage est servi » étaient tombées dans les oreilles d'un sourd.

La foule de gens dans le café à l'heure du midi faisait en sorte que les efforts timides de la caissière étaient insuffisants pour que l'homme puisse entendre ses paroles. J'observais la scène tandis qu'elle fit quelques autres tentatives. Après chaque échec, elle devenait de plus en plus préoccupée et exaspérée. La situation s'est envenimée au point où j'étais tenté de dire : « Écoute, mon trésor, l'homme a bien vu le gâteau au fromage sur le menu, il en a commandé une portion, il te l'a payé et il est probablement en train de saliver comme le chien de Pavlov à l'idée d'y prendre une bouchée, alors, pour l'amour du ciel, PARLE PLUS FORT pour l'informer que son foutu gâteau au fromage est prêt ! »

Vous ne pouvez vous permettre d'être timide si vous voulez avancer dans ce monde. Il vous faut prendre des risques, vous montrer hardi, surtout si vous avez un produit ou un service à offrir qui peut venir en aide aux gens.

Et maintenant, le comment : ***le risque***

1. Débarrassez-vous de l'idée que le sentiment de sécurité résulte du fait de ne jamais prendre de risque.

2. Évaluez votre plan d'action actuel, pour voir si vous avez tendance à vous éloigner ou vous rapprocher de la propension à prendre des risques.

3. Discutez avec un de vos mentors pour évaluer avec lui quel a été votre niveau de tolérance face au risque jusqu'ici.

4. Établissez une zone « aucun risque permis », comprenant les choses qui sont trop précieuses pour risquer de les perdre, comme votre demeure familiale, votre fidélité relationnelle, etc.

5. Établissez-vous un registre de risque. Tirez une ligne au milieu d'une page. Du côté droit de cette page, dressez la liste des risques encourus qui se sont avérés profitables, et du côté gauche, ceux qui n'ont pas produit de résultats positifs. Inspirez-vous du côté droit pour y puiser votre motivation, et cherchez à tirer des leçons du côté gauche.

6. Mettez à l'agenda de votre prochaine rencontre d'équipe le thème de la gestion de risque. Mettez chacun au défi de s'engager à tenter quelque chose qui implique de devoir prendre un certain risque.

Pour avoir rapidement du carburant : ***le risque***

La sécurité est avant tout une superstition. Elle n'existe pas, par nature, et les enfants des hommes n'en font généralement pas l'expérience. Chercher à éviter tout danger n'est pas plus sécuritaire, au bout du compte, que de s'exposer carrément au danger. La vie se doit d'être avant tout une aventure palpitante, sinon elle n'est rien. —*Helen Keller*

Un navire dans un port est en sécurité, mais ce n'est pas là la raison pour laquelle il a été construit au départ.
—*John A. Shedd*

Souvent, ce qui fait la différence entre quelqu'un qui réussit et quelqu'un qui échoue n'est pas que le premier a de meilleures capacités ou idées, mais plutôt qu'il a le courage de faire confiance à ses idéaux, à prendre un risque calculé, puis à passer à l'action. —*André Malraux*

Un homme ne ferait jamais rien s'il lui fallait attendre de faire les choses à la perfection, de manière à ce que personne n'ait à lui reprocher quoi que ce soit sur ce qu'il a fait. —*Cardinal Newman*

De tous les gens que j'ai connus, ceux qui ont poursuivi leurs rêves et ont échoué ont vécu une vie beaucoup plus satisfaisante que ceux qui ont relégué leurs rêves aux oubliettes par crainte de l'échec. —*Anon*

Tout progrès exige que l'on prenne un risque ; il vous sera impossible de voler le deuxième but si vous maintenez votre pied sur le premier. —*Frederick Wilcox*

Prenez des risques calculés. Cela diffère en tous points à l'idée de faire preuve d'imprudence.
—*Général George S. Patton*

La plupart des gens pourraient faire des choses extraordinaires s'ils avaient confiance ou s'ils prennaient des risques. Et pourtant, la plupart des gens ne le font pas. Ils restent assis devant la télé et se comportent dans leur vie comme si elle allait durer éternellement. —*Philip Andrew Adams*

Si vous ne commettez jamais d'erreur, alors vous ne prenez aucun risque, et cela signifie que vous n'allez nulle part. Le secret est de commettre vos erreurs plus rapidement que la compétition, de manière à avoir ainsi plus d'occasions d'apprendre et de gagner. —*John W. Holt Jr.*

Les gens qui ne prennent jamais de risques commettent, en général, à peu près deux graves erreurs chaque année. Les gens qui prennent des risques commettent, en général, à peu près deux graves erreurs chaque année.
—*Peter F. Drucker*

Atelier de réussite : ***le risque***

1. Êtes-vous quelqu'un qui est porté à prendre naturellement des risques ou êtes-vous plutôt enclin à faire preuve de prudence ? Évaluez-vous sur l'échelle qui suit.

1 2 3 4 5 6 7 8 9 10
Prudent . . . . Aventurier

2. Qui connaissez-vous qui prend de grands risques ?

____

Que pouvez-vous noter (positif ou négatif) au sujet de son expérience ?

____

____

____

3. Quelle est la chose la plus risquée que vous ayez tentée ?

____

____

Quel en a été le résultat ?

____

____

4. Quels sont trois domaines de votre vie qui pourraient profiter d'une plus grande disposition de votre part à prendre davantage de risques ?

____

____

____

5. Notez une chose que vous pourriez faire cette semaine en vue de sortir de votre zone de confort.

____

____

Chapitre 6
L'habileté

Quel sentiment profondément satisfaisant jaillit lorsque nous parvenons à acquérir un ensemble de nouvelles habiletés, pour voir ensuite la lumière sous la nouvelle porte que ces habiletés nous permettent d'ouvrir.

Gail Sheehy

Comme j'aimerais qu'il vous suffise d'avoir une bonne attitude dans la vie pour réussir. Il y a cependant de nombreux ingrédients dans la recette du succès, et l'habileté fait partie de ceux-ci. Abraham Lincoln a mémorablement affirmé que s'il disposait de huit heures pour abattre un arbre, il passerait les premières six heures à affuter sa hache. Une hache émoussée entre les mains d'un optimiste réussira davantage à venir à bout de l'optimiste qu'à abattre l'arbre. Une bonne attitude, jointe à de bonnes habiletés constituent un partenariat formidable. Si vous développez vos habiletés tout en cherchant à peaufiner vos attitudes, la réussite qui résultera de ce partenariat constituera une source constante de stimulation pour vous comme pour votre équipe.

Des habiletés relationnelles

Comme l'a affirmé Theodore Roosevelt : « L'ingrédient le plus important dans la recette du succès est de savoir comment vous comporter et vous entendre avec les gens. » De tous les ouvrages rédigés sur le sujet, je n'en connais pas de plus déterminants que celui de Dale Carnegie, *Comment se faire des amis.* Son livre vous aidera à maîtriser l'art d'interagir positivement avec les gens.

Un des principaux moyens d'améliorer vos habiletés relationnelles est d'aller au-delà de vos paramètres sociologiques habituels. Les sociologues affirment que les gens tendent à communiquer plus facilement avec les personnes ayant une différence d'âge de quinze ans avec eux, soit plus jeunes ou plus vieilles. Si vous avez quarante-deux ans, vous serez en mesure alors de nouer facilement des relations avec des gens âgés jusqu'à cinquante-sept ans d'une part, et des gens âgés de 27 ans ou plus, d'autre part. Mais vous n'êtes pas obligé de suivre cette règle, il va sans dire. Refusez tout simplement de vous y conformer. Personne ne vous oblige à vous limiter à ces groupes d'âges. L'amour et la volonté de vous lier avec les autres transcendent toute barrière sociologique. Pour tisser un lien avec les autres, il vous suffit tout simplement de vous intéresser à leur univers et de vous impliquer avec eux. Plus vous le ferez, plus vous verrez vos habiletés se développer dans ce sens.

> *Les occasions favorables se présentent beaucoup plus par le biais de nouvelles relations qu'au moyen de liens déjà établis depuis longtemps.*

Augmenter vos liens avec autrui est la clé d'une nouvelle source de motivation pour vous. La variété d'individus qui composent le genre humain est plutôt vaste. Ne vous limitez pas aux gens de votre groupe d'âge ou de votre groupe culturel. Lorsque vous établissez pour la première fois un lien étroit avec quelqu'un appartenant à un groupe complètement différent des gens que vous fréquentez d'habitude, cela engendrera une passion nouvelle en vous. Ne vous laissez jamais arrêter dans vos rapports humains par un esprit de clocher ou par des barrières culturelles. Vous serez en mesure de vous lier avec les gens, quels qu'ils soient, si vous le décidez ainsi.

J'ai eu le privilège d'entendre, une fois, Charlie « Tremendous » Jones s'adresser à un auditoire composé de jeunes personnes. Il leur a affirmé avec beaucoup d'enthousiasme : « J'adore parler aux adolescents. Vous savez pourquoi ? Parce qu'il y a maintenant soixante-trois ans que je suis moi-même un ado ! » Charlie adore les gens et il est toujours prêt à s'adresser à eux, quel que soit leur âge. C'est un excellent communicateur et il a toujours en réserve quelques blagues et des histoires qui s'appliquent à merveille à la situation des personnes de tout âge.

Mon ami, Mike Darnold, a soixante-six ans. Il a l'air beaucoup plus jeune que son âge parce qu'il passe le plus clair de son temps avec des jeunes personnes, cherchant à les aider à acquérir les habiletés de base dans la vie. Chaque année, au printemps, Mike m'invite comme conférencier à un camp qu'il dirige et qui regroupe plus de deux cents jeunes participants. Chaque type d'ado s'y trouve représenté : les intrépides et les timides, ceux qui réussissent et ceux qui luttent pour s'en sortir, ceux qui jouissent d'une réelle assurance dans la vie et ceux qui ont subi des abus. Mike tisse des liens significatifs avec chacun d'eux et les jeunes l'adorent. Si la richesse d'une personne se mesurait en termes de relations interpersonnelles, Mike Darnold se retrouverait sur la liste des 100 personnes les plus riches du magazine *Forbes.* Quel est le secret de Mike ? Il connecte avec ces jeunes par le prisme de son propre passé difficile.

Durant des années, Mike a lutté avec l'alcool. Bien qu'il n'en ait pas consommé une seule goutte depuis trente ans, il n'a jamais oublié le fait que l'alcool a failli le détruire. C'est pourquoi Mike a consacré sa vie à aider les jeunes personnes à éviter les pièges dans lesquels il est tombé lui-même en devenant jeune adulte. Se lier facilement avec les gens en-dehors de son groupe d'âge est simplement devenu un choix que Mike a fait.

Ne laissez pas vos insécurités vous empêcher d'aller vers les autres. Les réponses à de nombreux dilemmes dans la vie ne se trouvent que dans le contexte de relations avec autrui. Il y a tant de gens de tout âge et de tout genre dans le monde dont la vie se révélerait vraiment meilleure si vous preniez la peine de les connaître. Les occasions favorables se présentent beaucoup plus par le biais de nouvelles relations qu'au moyen de liens déjà établis depuis longtemps. Obligez-vous à élargir le cercle de vos relations en y incluant des gens qui ne font pas partie de votre groupe d'âge et de votre arrière-plan culturel. Cela finira par enrichir passablement vos habiletés relationnelles.

Des habiletés d'apprentissage

Ce que les gens affirment est vrai : avec la connaissance vient le pouvoir. Ce pouvoir risque de vous propulser en avant et de vous mener bien au-delà des limites de vos propres expériences et habiletés. L'instruction est une source de motivation pour l'âme qui a soif de réussir. Comme l'a affirmé William Butler, une fois : « L'instruction est moins une question de remplir un seau que d'allumer un brasier. » C'est pourquoi je vous invite à rechercher et à aimer l'instruction !

Accordez à l'instruction une valeur si grande que vous serez disposé à payer pour l'obtenir. Quiconque a dit que les deux choses incontournables dans la vie étaient la mort et les taxes aurait dû ajouter à la liste ce qu'il en coûte pour apprendre. Pourtant, certaines personnes sont promptes à se plaindre des frais d'inscription pour les séminaires de formation en affaires ou du coût des outils de développement personnel. Avez-vous une idée de ce qu'il en coûte pour faire des études universitaires de nos jours ? L'instruction n'est pas bon marché et elle ne l'a jamais été. S'instruire exige du temps et de l'argent. Les entrepreneurs ne sauraient donc éviter de devoir payer pour apprendre. Ils devront débourser des sous pour recevoir une formation ou payer de toute manière pour leur manque de formation. Si un programme d'enseignement peut vous permettre d'acquérir ce qu'il vous faudrait des années d'expérience pour apprendre, n'hésitez pas à débourser l'argent exigé pour le suivre. Cherchez à développer vos habiletés et acceptez le fait que toute formation dans ce but exigera un investissement financier de votre part.

> *L'éducation fait de nous des serruriers désormais capables d'ouvrir les portes qui mènent à la réussite.*

Si vous désirez voir grandir votre motivation dans la vie, soyez résolument prêt à vous engager dans un processus de formation continue. Après avoir effectué des études approfondies sur le cerveau, le psychologue cognitif et neuroscientifique, Daniel J. Levitin, Ph.D., a conclu ce qui suit : « Le cerveau est malléable. Jusqu'à la fin de la vie, le cerveau demeure capable de s'adapter et de changer. » L'éducation fait de nous des serruriers désormais capables d'ouvrir les portes qui mènent à la réussite.

Des habiletés dans la vente

La simple mention du mot « vente » amène certaines personnes à se hérisser. J'ai si souvent entendu des gens répéter : « Je ne pourrais jamais travailler comme vendeur ; je ne suis tout simplement pas ce type de personne. » Permettez-moi de vous corriger en disant que tout le monde est un vendeur. Il vous sera impossible de réussir dans la vie sans avoir à vendre quelque chose – en commençant d'abord par vous-même ! Lorsque vous cherchez à obtenir un meilleur poste, vous devez alors vendre les vertus que vous possédez à vos supérieurs. Lorsque vous posez votre candidature pour un emploi dans une grande organisation, vous devez alors vendre les mérites de vos expériences à cette organisation. Obtenir un prêt d'une institution financière exige que vous en fassiez d'abord la demande par écrit, puis que vous vantiez les mérites de cette demande à l'officier des prêts. Même les médecins, les dentistes et les avocats doivent se mettre en valeur et savoir vendre leurs services.

> *Personne ne naît avec un « profil de vendeur ». La vente est un art relationnel qui obéit à une certaine logique. Apprendre comment le maîtriser enlève une bonne partie de la peur qui entoure le phénomène.*

N'ayez pas peur de vendre. Personne ne naît avec un « profil de vendeur ». La vente est un art relationnel qui obéit à une certaine logique. Bien que vous pensiez sans doute que certains individus sont des vendeurs nés, la réalité est plutôt que la personne qui semble à l'aise dans cette activité a simplement appris comment procéder et elle s'appuie sur cet apprentissage au point où la chose est devenue une seconde nature pour elle. Lorsque vous aurez maîtrisé cet art et continué à développer vos habiletés dans ce sens, vous ferez alors l'expérience des résultats positifs qui y sont associés. Une fois que vous aurez commencé à goûter les fruits d'un tel processus, vous apprendrez alors à mieux apprécier le fait d'être dans la vente.

> *Tout le monde a quelque chose à vendre dans la vie.*
> Robert Louis Stevenson

Voici donc une approche de formation à la vente en sept étapes qui a fait ses preuves au fil du temps. C'est une technique qui s'applique tout autant à la vente d'un produit, d'un service ou d'une opportunité d'affaires. En en faisant l'apprentissage et en intégrant ces sept étapes à votre propre personnalité et à votre propre style, vous aurez alors une confiance accrue dans la présentation d'offres de services ou de produits.

1) Assurez-vous que la personne à qui vous parlez a l'autorité de dire « oui » si vous lui offrez une occasion à saisir. Il ne vous sert à rien de gaspiller votre temps et votre énergie émotionnelle à discuter d'une opportunité avec quelqu'un qui n'est pas en mesure de la saisir.

2) Établissez un lien émotionnel avec la personne. Les gens ont tendance à vouloir acheter un produit d'une personne

qu'ils aiment. C'est pourquoi il importe de vous lier d'une manière significative avec la personne approchée. Cela n'a pas d'importance que votre produit ou votre service soit exceptionnel ou non, car les gens n'auront pas tendance à se laisser persuader s'ils ne sentent pas une réelle connexion avec vous.

3) Posez des questions pour être mieux en mesure de connaître les besoins réels de votre vis-à-vis. Dire et vendre ne sont pas nécessairement des synonymes. J'étais assis, une fois, à une table dans un de mes petits cafés préférés. Juste à côté, un homme d'affaires vint s'asseoir avec un client potentiel. Après avoir pris un moment à parler de choses et d'autres, l'homme d'affaires entreprit alors de vanter les mérites de son produit. Il parla sans arrêt. Je voyais bien que le client potentiel en avait assez entendu après les premières trente minutes, mais il était trop poli pour mettre un terme à la présentation du vendeur. Ce qu'il ne savait pas encore est que l'homme d'affaires était seulement en train de se réchauffer…

Plus de deux heures plus tard, après avoir patiemment écouté l'homme d'affaires poursuivre son baratin, le client potentiel s'excusa et prit littéralement ses jambes à son cou. J'ai alors fait un rapide calcul mental et évalué que l'homme d'affaires avait parlé sans arrêt durant 140 minutes au moins, ne laissant qu'un maigre 5 minutes, tout au plus, à son vis-à-vis. La personne en question avait fait preuve d'une patience considérable, alors que je n'avais moi-même qu'une seule envie au bout de la première heure de présentation : me lever et verser sur la tête du vendeur le contenu de la théière ! Ce sont des techniques de vente comme celles-là qui contribuent à la mauvaise réputation entourant le métier de vendeur.

Posez des questions ! Amenez vos clients potentiels à partager quels sont leurs besoins et expériences de vie. En leur posant des questions judicieuses et en écoutant soigneusement leurs réponses, vous serez ainsi mieux placés pour découvrir quels sont les besoins de vos clients et ces derniers se révéleront d'emblée plus réceptifs aux solutions que vous leur proposez.

4) Présentez les bienfaits de vos produits ou services comme la solution aux besoins de vos clients potentiels. Toutefois, que vos paroles soient peu nombreuses. En tant qu'humains, nous avons la propension à parler beaucoup lorsque nous sommes nerveux. Nous cherchons à éviter les silences inconfortables, c'est pourquoi nous remplissons alors tout l'espace sonore du bruit de notre voix. Ne commettez pas cette erreur. Plus vous parlerez et plus votre taux de réussite en sera affecté négativement. Une fois que vous avez amené une quantité d'eau à ébullition, augmenter la chaleur ne produira pas d'autre résultat que beaucoup de vapeur inutile. Vous devriez errer du côté de peu de paroles prononcées plutôt que de celui de trop parler. Expliquez quels sont les bienfaits de votre produit, puis passez à l'étape suivante du processus.

5) Répondez aux questions et aux préoccupations de vos clients potentiels. Ne répondez qu'à leurs questions. Ne profitez pas de cette occasion pour répondre à un tas de questions qu'ils n'ont pas posées. Exercez un contrôle strict sur le flot de vos paroles.

6) Mettez l'accent sur la capacité de votre client potentiel de prendre une décision et d'agir dans ce sens. Tout le monde apprécie se sentir important et respecté.

7) Fournissez à votre client potentiel un moyen de poser un geste concret dans l'immédiat. Cette étape est traditionnellement appelée « sceller la vente ». N'essayez pas de convaincre votre client en insistant sur les bienfaits de cette opportunité. Si ce dernier est incertain, revenez à l'étape 5 et demandez-lui quelles sont ses préoccupations. Une fois que vous aurez répondu à ses questions, procédez à nouveau aux étapes 6 et 7.

Si votre client potentiel est toujours hésitant à passer à l'action, ne le poussez pas. Harceler quelqu'un en vue de sceller ajoute une pression inutile à la situation en plus d'affecter négativement la dignité de chacun. Il vaut beaucoup mieux offrir à votre client potentiel davantage de temps pour réfléchir à l'opportunité et avoir ainsi la chance de sceller la vente, que de détruire la relation de confiance en insistant trop auprès de votre client.

Voici donc un sommaire des sept étapes d'une bonne technique de vente. Vous pouvez faire une photocopie de cette page et la mettre à un endroit où vous pourrez la voir. Que vous utilisiez ce modèle ou que vous mettiez au point votre propre approche personnelle, il est très important d'avoir un plan d'action en tête, de manière à progresser dans la bonne direction. Plus vous vous inspirerez du présent modèle, et plus la chose deviendra naturelle et efficace pour vous.

Étape 1
Assurez-vous que la personne avec laquelle vous parlez a l'autorité de dire « oui ».

Étape 2
Établissez un lien émotionnel de confiance avec la personne.

Étape 3
Posez des questions pour identifier quels sont les besoins de la personne.

Étape 4
Présentez les bienfaits de votre produit ou service comme la solution aux besoins du client potentiel.

Étape 5
Assurez-vous de lui demander s'il a des questions ou des préoccupations.

Étape 6
Mettez l'accent sur l'autorité de la personne de prendre une décision.

Étape 7
Fournissez à votre client potentiel un moyen de passer à l'action dans l'immédiat.

En ayant ainsi une marche à suivre en tête lorsque vous présentez une opportunité à des clients potentiels, vous aurez ainsi davantage confiance en vous. Le développement d'habiletés de vente vous procurera de meilleurs résultats avec le temps. Maîtrisez ce processus en sept étapes et utilisez-le chaque fois que vous en avez l'occasion. Il vous faudra le répéter à quelques reprises avant que son usage devienne naturel et spontané pour vous. Adoptez-le une fois pour toutes et vous verrez augmenter votre niveau de réussite. Trop de gens finissent par mettre leur échec sur le dos de leur produit ou de leur service, alors qu'en réalité, c'est leur manque de savoir-faire dans le domaine des présentations d'affaires qui cause problème.

Accumuler des habiletés

Vivre des rencontres entre gens passionnés et déterminés enrichit énormément le niveau d'enthousiasme de chacun. C'est la raison pour laquelle je suis un si ardent défenseur des contacts personnels entre les gens – autres qu'en ligne ! Bien sûr, j'apprécie les merveilles d'Internet et les possibilités qu'il offre à tous les internautes. Toutefois, il n'y a rien qui stimule les êtres humains autant et qui rehausse leur performance comme le fait de se réunir dans une pièce et d'interagir. L'interaction électronique ne peut favoriser autant de synergie entre les humains que celle qui s'établit parmi des gens ou au sein d'équipes qui se rencontrent dans un même lieu physique.

> *Si votre leader tient des événements sur une base régulière, ne faites pas l'erreur de « trier sur le volet » les rencontres auxquelles participer quand cela vous convient. Vous engager à prendre part à toutes les rencontres est ce qui vous permettra de développer vos habiletés de leadership.*

Les entreprises doivent fournir aux gens qui y travaillent des occasions de connecter physiquement, de partager leurs rêves et de célébrer leurs réussites. Toutefois, de tels événements doivent être bien planifiés, suffisamment fréquentés et bien orchestrés. Improviser une rencontre à la dernière minute en espérant que tout se passe bien risque de produire des résultats catastrophiques !

Vous avez de la chance si votre leader organise des événements. Profitez-en pleinement. Offrez-lui votre aide à titre de bénévole. Si votre leader tient des événements sur une base régulière, ne faites pas l'erreur de « trier sur le volet » les rencontres auxquelles participer quand cela vous convient. Vous engager à prendre part à toutes les rencontres est ce qui vous permettra de développer vos habiletés de leadership et vous obtiendra la faveur de votre dirigeant.

Si vous n'êtes pas déjà lié à une équipe qui planifie des événements de ce genre, alors il revient sans doute à vous d'initier de telles rencontres entre personnes. Capitalisez sur la puissance générée par de tels contextes où des gens se réunissent. Apprenez à développer certaines habiletés de mobilisation. Les gens ne vont tout simplement pas se pointer là par hasard. Et lorsque vous aurez réussi à les rassembler, ils ne participeront plus à vos événements futurs s'ils n'ont pas fait l'expérience de quelque chose de significatif pour eux la première fois.

Réunir cinquante personnes dans un endroit qui peut en accueillir cinq cents fera plus de tort que de bien pour ce qui est d'instaurer un climat de synergie dans un groupe. Offrir aux participants la possibilité d'occuper une rangée de sièges convient davantage à une compagnie aérienne qu'à vous. Ne choisissez donc pas une trop grande salle pour tenir votre réunion en espérant qu'elle se remplisse comme par enchantement. Agir de la sorte n'est pas une saine planification, c'est plutôt de la pensée magique. Il vaut mieux pour vous de choisir un endroit plus restreint au risque qu'il s'avère si rempli que le seul moyen d'y accéder soit en opérant une ouverture dans le toit. Il vaut mieux également utiliser la maison de quelqu'un, jusqu'à ce que le lieu se révèle trop étroit que de réserver une salle de conférence. Quand les gens sont rassemblés dans un endroit où ils peuvent être proches les uns des autres, cela crée une synergie naturelle entre eux. Et c'est justement l'effet que vous recherchez !

Ne comptez pas sur quelques appels ou sur une annonce par courriel pour réunir un grand nombre de gens. La seule manière de remplir une salle est de faire la promotion de l'événement à l'avance, d'inviter des tas de gens, de leur en rappeler la tenue et de leur demander s'ils comptent y prendre part. Il faut aussi continuer à pousser l'événement de manière à stimuler l'intérêt des gens et nourrir leurs attentes. À moins que vous ne soyez U2, le groupe rock bien connu, ne croyez pas qu'il vous suffira de mettre sur pied un événement pour que les gens se battent pour réserver leur siège.

Remplir une salle à craquer n'est toujours pas suffisant ! Ne commettez pas l'erreur d'investir de gros efforts à rassembler un tas de gens pour leur offrir ensuite un programme à moitié cuit. Cela exige beaucoup d'énergie de rassembler un grand nombre de participants à un événement et beaucoup de bons leaders sous-estiment au départ à quel point cette tâche les videra émotionnellement. J'ai vu la chose se produire tant de fois. Quand vient le temps de faire une présentation inspirante lors d'un événement, parce qu'ils ont dépensé tant d'énergie émotionnelle et mentale à gérer tous les détails organisationnels jusqu'à la rencontre en question, ces leaders épuisés se lancent dans une présentation improvisée à la dernière minute qui les empêche de profiter pleinement de cette occasion unique.

Si vous avez la responsabilité de faire une présentation inspirante, vous feriez mieux de déléguer la tâche de rassembler le plus grand nombre de gens possible à quelqu'un d'autre. De cette façon, vous serez capable de consacrer toutes vos énergies à la préparation et à la présentation d'un exposé inspirant qui stimulera et encouragera les gens venus vous écouter. Si l'organisation d'un événement à participation élevée exige trop de votre attention, il vaudrait mieux alors faire appel à un conférencier d'expérience, capable de faire de cet événement une véritable réussite. C'est l'auteur Mark Twain qui a affirmé, un jour : « Il me faut en général au moins trois semaines pour préparer un bon message improvisé. » Si vous avez la responsabilité de parler en public, préparez-vous de manière à être stupéfiant !

> *Les contextes de rassemblements publics inspirants vous procurent un réel avantage compétitif par rapport à la myriade des expériences de communautés en ligne.*

Quand vient le temps de rassembler les gens de manière efficace, vous occuper de tous les aspects majeurs de l'événement vous-même risque de vous laisser davantage déçu que passionné par l'expérience. Tout considéré, la personne qui devrait être la plus dynamisée par la tenue d'un événement est celle qui en est l'hôte. Si organiser un tel événement vous épuise complètement, vous ne serez pas enclin à en planifier un autre dans un avenir rapproché !

Lorsque les gens sont ainsi rassemblés, cela est souvent pour eux l'occasion d'en ressortir gonflés à bloc ; il serait sage, cependant, de savoir capitaliser sur cette énergie et maintenir l'élan engendré par cette rencontre déterminante au moyen d'un événement similaire dans un avenir rapproché. Lorsque les gens ont été fortement inspirés par une présentation, ils sont alors très motivés à inviter des nouvelles personnes la prochaine fois. Si vous attendez trop longtemps avant de tenir le prochain événement, parce que vous êtes complètement à plat, vous raterez ainsi l'occasion de capitaliser sur l'énergie que le rassemblement initial a engendrée.

Réussir à rassembler des gens efficacement comporte trois éléments essentiels :

1) Choisir le bon endroit où tenir l'événement.
2) Convaincre les gens d'y participer.
3) Offrir une présentation inspirante.

Même lorsque l'auditoire est petit en termes de nombre, une seule personne ne saurait suffire à s'acquitter efficacement des trois tâches. C'est pourquoi, il vaut mieux en faire un travail d'équipe. Ce n'est pas suffisant de réussir à bien vous acquitter de deux responsabilités sur trois.

Les rencontres et événements réussis sont des moyens extrêmement efficaces de développer l'esprit d'équipe. En fait, les contextes de rassemblements publics inspirants vous procurent un réel avantage compétitif par rapport à la myriade des expériences de communautés en ligne. Je me réjouis réellement de tout ce que l'Internet nous permet de faire pour rassembler les gens, mais je comprends également quelles sont ses limites. Les gens aspirent à se retrouver physiquement avec d'autres personnes, même lorsqu'ils sont introvertis. Si vous tenez des événements formidables à répétition, les gens auront tendance à vouloir y assister d'emblée pour voir leur passion stimulée à nouveau. Il n'y a que dans le contexte des interactions humaines directes que certaines énergies sont libérées. Si votre entreprise ou votre organisation est en mesure d'organiser de telles rencontres, vous capitaliserez alors sur ce dont l'esprit humain a le plus besoin et désire – de vibrantes interactions humaines.

Des habiletés de leadership

En apprenant comment devenir un leader qui fournit aux autres du carburant à indice d'octane élevé, j'ai découvert que cela était moins une question de dynamisme et de stimulation, que d'équiper les autres avec les outils appropriés. Les leaders qui fournissent le meilleur carburant à ceux qu'ils encadrent ont appris les vérités suivantes :

Le leadership vise essentiellement à transformer les adeptes en leaders

Être un leader n'est pas synonyme de bien paraître, de bien parler et d'avoir un grand nombre de disciples. C'est avant tout avoir maîtrisé l'art d'équiper les autres en leur insufflant des qualités de leadership qu'ils sauront intégrer à leur vie quotidienne. Lorsqu'on est un leader charismatique, cela peut parfois empêcher qu'une telle chose se produise. D'après ce que l'on dit, seulement 7 p. cent des gens appartiennent à une organisation à cause du dynamisme de son leader. En fait, des études effectuées par des chercheurs chevronnés dans le domaine des affaires (tels que l'auteur de l'ouvrage *Good to Great,* Jim Collins), ont fait la preuve que des personnalités dynamiques peuvent s'avérer un réel inconvénient au développement et à la force d'une organisation. La raison en est attribuable au fait qu'un leader à la forte personnalité aura tendance à occuper toute l'attention, ce qui laisse les gens qui le suivent subjugués et parfois frustrés, voire mal équipés.

Un leader affermi sera prêt à sacrifier nombre de possibilités de briller qui lui sont offertes en vue de développer les qualités de leadership chez les gens qui le suivent. Cela exige l'ouverture d'esprit de la part du leader de ne pas laisser ses qualités charismatiques freiner ou empêcher le développement des membres de son équipe. Je connais des leaders qui ont une attitude plutôt effacée et pourtant ils dirigent une grande équipe de loyaux leaders émergeants. La raison pour cela est qu'ils ont comme priorité d'inculquer des qualités de leadership aux membres de leur équipe. La substance d'un leader se mesure à sa capacité de développer des qualités de leadership chez ceux qui le suivent. Si vous aspirez à constituer une grande équipe, sacrifiez vos occasions de briller au profit des gens que vous formez.

La vérité demeure même lorsque le leader ne se montre pas à la hauteur.

Il y eut un temps dans ma vie en tant que leader, où mon organisation s'est trouvée coincée tout à coup. Elle a cessé de grandir et je n'arrivais plus à faire avancer les choses dans la bonne direction. Tout ce que j'ai tenté dans ce sens s'est transformé en échec ou a procuré des résultats plutôt médiocres. J'ai alors consulté un ami dans un autre secteur d'activité et dont l'organisation avait connu une performance hors du commun. Il a passé quelques heures à m'expliquer quelle était sa stratégie de croissance, puis il m'a regardé dans les yeux et m'a dit avec insistance: « Wes, tout ceci n'a rien de sorcier, je t'assure. »

Ainsi, convaincu que je n'avais pas besoin de longues études universitaires pour comprendre le phénomène et réussir, j'en fus encouragé. De retour dans mon secteur d'activités professionnelles, j'ai partagé ce que j'avais appris avec les membres de mon personnel et nous avons mis en place et suivi à la lettre la stratégie recommandée par mon ami. A-t-elle produit les résultats attendus ? Absolument pas. Déprimé, j'ai conclu que si je n'arrivais pas à faire fonctionner quelque chose qui n'avait pourtant rien de sorcier, je devais être un complet idiot, ou pire encore, le dernier des crétins. Éventuellement, j'ai compris que les stratégies ne sont pas toujours applicables d'une situation à l'autre. J'ai découvert cela après avoir discuté avec plusieurs leaders dans mon propre secteur d'activités qui avaient essayé les mêmes stratégies en obtenant les mêmes résultats pitoyables que moi.

Affirmer haut et fort : « Cette approche n'a rien de sorcier », ou « C'est si facile que même un homme des cavernes pourrait le faire ! » n'est pas vraiment sincère, parce que la réussite ne s'obtient jamais si facilement.

Les vérités touchant la réussite sont différentes des stratégies de réussite. Les stratégies ont leur importance, il va sans dire, mais j'ai appris à ne pas mettre trop d'emphase sur les stratégies. Des tactiques spécifiques peuvent s'avérer faillibles lorsqu'utilisées par des personnes différentes. Certaines stratégies peuvent ne pas fonctionner lorsqu'elles sont appliquées dans un contexte géographique différent. Et certaines stratégies peuvent se révéler culturellement dépassées. Les leaders qui aspirent sincèrement à voir les gens qu'ils encadrent réussir partageront leurs stratégies avec eux, mais ils prendront soin de leur rappeler qu'elles n'ont pas la valeur de vérités absolues et éternelles.

Certaines personnes voient d'un mauvais œil les conférenciers motivationnels comme ayant davantage tendance à stimuler les foules qu'à donner à leurs auditeurs des exposés substantiels. Certains d'entre nous méritent parfois une telle critique. Dans mes premières années en tant que conférencier motivationnel, l'enthousiasme que j'avais à stimuler les gens au sujet de leur potentiel de réussite m'a porté à mettre beaucoup trop d'emphase sur certains aspects secondaires du succès, et pas assez d'importance sur les valeurs fondamentales qui mènent éventuellement à la réussite. Je crois assurément que les trophées du succès peuvent stimuler les gens et les motiver énormément. Toutefois, c'est en aidant les gens à découvrir quelles sont les valeurs fondamentales qui mènent au succès que nous réussirons le plus à les influencer et à les aider à connaître la réussite.

Si un leader aspire à avoir une influence déterminante dans la vie des gens qui le suivent, il lui faut alors leur rappeler les vérités touchant la réussite qui ont assuré le succès des gens, quel que soit leur arrière-plan, tout au long de l'histoire humaine. Affirmer haut et fort : « Cette approche n'a rien de sorcier », ou « C'est si facile que même un homme des cavernes pourrait le faire ! » n'est pas vraiment sincère parce que la réussite ne s'obtient jamais si facilement. Il est plus réaliste pour un leader de dire : « Les défis sur la route vers la réussite sont énormes, mais la puissance qui se trouve enfouie en vous est plus grande encore ! » Parce que cela sera toujours vrai !

Jim Rohn, maintenant décédé, fut l'un des plus grands philosophes de notre époque pour ce qui touche la réussite. Il avait l'habitude de s'en tenir à une série de principes qu'il décrivait comme étant des « fondements ». Il n'hésitait pas à les partager avec les autres avec une entière confiance, sachant que la mise en pratique de ces vérités produirait des résultats certains pour quiconque, quels que soient la situation ou le contexte. Voici donc quatre de ces vérités entourant la réussite, enseignées par Jim Rohn. Elles demeurent tout aussi durables aujourd'hui, bien que Jim ne soit plus des nôtres.

- La réussite est ce qui vous attire l'attention des autres à cause de ce que vous devenez.
- Cultivez les habiletés vous permettant de vous entendre avec les gens imparfaits, car même un idiot arrivera à s'entendre avec une personne parfaite.
- Ne vous joignez pas à une foule qui recherche la facilité. Vous n'y connaîtrez pas la croissance. Allez plutôt là où les attentes et les exigences en termes de performance et de résultats sont élevées.
- L'objectif ultime dans le fait d'établir des objectifs est de vous inciter à devenir la personne qu'il faut pour les concrétiser.

Un leader véritable aime les gens suffisamment pour risquer de ne pas être aimés par eux.

J'effectuais le voyage de retour en avion vers Los Angeles, une fois, lorsqu'un associé m'offrit de venir me prendre à l'aéroport et de me conduire chez moi. J'ai accepté son offre parce que cela nous donnerait l'occasion de passer du temps de qualité durant le trajet. Je lui proposai même d'utiliser mon propre véhicule, ce qui lui éviterait de prendre sa voiture et de dépenser pour l'essence. Après m'avoir aperçu au comptoir de récupération des bagages, il dirigea ma voiture vers le trottoir près de l'entrée, coupa le contact et vint à l'intérieur de l'aéroport pour me joindre. Quiconque est familier avec l'aéroport de Los Angeles sait qu'il vaut mieux ne pas laisser un véhicule sans conducteur à l'entrée. Mon associé le savait également, mais il m'a dit qu'il « n'avait vu aucun policier dans les parages » et qu'il était certain que tout irait bien. J'étais plutôt nerveux face à ces affirmations et, comme de fait, lorsque nous sommes arrivés à la voiture, un policier s'est approché et a glissé une contravention sous l'essuie-glace. Bien que mon associé n'ait pas aperçu le policier, ce dernier avait bien vu, pour sa part, qu'il s'était stationné dans un endroit défendu. En dépit de la confiance qui animait mon associé, nous avons bel et bien reçu une contravention. Mais le plus étonnant encore est que ce dernier ne semblait pas du tout se sentir responsable pour cet incident fâcheux. Il ne s'en est pas du tout excusé et ne m'a jamais offert de régler la contravention.

Parfois, les gens avancent à très grande vitesse dans la mauvaise direction. Un leader a la responsabilité d'aider de telles personnes à faire demi-tour.

Peut-être vous dites-vous en ce moment : « Ouais, c'était vraiment stupide de la part de votre associé d'avoir agi ainsi. » Mais l'élément que je tiens à souligner est le suivant : après avoir compris qu'il ne ferait rien pour remédier à la situation, j'ai balayé la chose sous le tapis en lui disant de ne pas s'en faire et que j'allais m'acquitter de la contravention. Après tout, ne l'avait-il pas reçue en me faisant une faveur ? Toutefois, cela était à la fois peu sincère et pas très sage de ma part. En cherchant à ne pas faire de chichi à propos de cette affaire, j'ai raté l'occasion idéale de mettre mon associé au défi de se montrer pleinement responsable de ses propres erreurs.

Je me suis dit que, comme il n'était pas riche, j'avais davantage les moyens que lui d'acquitter ce montant. À la vérité, la raison pour laquelle mon associé n'avait pas beaucoup d'argent était parce qu'il avait tendance à se montrer irresponsable financièrement et je venais tout juste de l'encourager à continuer dans une telle voie. Bien que je sois perplexe et en partie frustré face à sa manière d'agir, tout considéré, je ne voulais pas aborder la question avec lui parce que je ne voulais pas risquer de me le mettre à dos. Je ne me suis pas comporté comme un véritable leader dans cette situation, parce que j'ai accordé davantage d'importance à mes propres besoins d'être « accepté » qu'à ses besoins d'apprendre à devenir plus responsable. Il a continué à faire l'expérience de problèmes financiers continuels et j'ai raté une belle occasion de l'aider à apprendre une leçon importante en termes de responsabilité financière.

On raconte qu'un touriste a immobilisé sa voiture sur une route secondaire, une fois, pour demander au fils d'un agriculteur à quelle distance se trouvait Smithsville. Le jeune homme a répondu : « À près de 40 000 kilomètres dans la direction où vous allez. Mais si vous faites demi-tour, ce n'est qu'à deux kilomètres. » Parfois, les gens avancent à très grande vitesse dans la mauvaise direction. Bien qu'il soit parfois désagréable d'attirer leur attention sur ce fait, un leader a la responsabilité d'aider de telles personnes à faire demi-tour. Un véritable leader n'acceptera pas de balayer le comportement destructeur des gens qui le suivent sous le tapis dans le but de se faire aimer en tant que dirigeant.

Ne craignez pas de soulever certains enjeux susceptibles d'aider ceux qui sont sous votre gouverne à devenir des leaders. Ceux qui vous suivent se montreront peut-être irrités initialement par le fait que vous les invitiez à faire preuve de responsabilité, mais si vous le faites en étant inspirés par un amour véritable et sincère, vous vous mériterez ainsi leur faveur à la longue.

Des habiletés de disciple

Beaucoup de choses ont été écrites sur l'art d'être un leader efficace, mais très peu l'ont été sur celui de devenir un disciple efficace. Savoir être un disciple hors du commun devrait être davantage estimé par les gens. Il s'agit peut-être là d'une position secondaire, mais elle est loin d'être inférieure. Le meilleur entraînement au leadership qui soit est de devenir l'excellent apprenti d'un leader doué. On raconte même qu'il est impossible de devenir un leader d'envergure sans avoir appris ce que veut dire être un bon disciple. Vous apprendrez davantage ce que cela exige d'atteindre la réussite si vous occupez le rang de prince sur la montagne de quelqu'un d'autre, que si vous êtes le roi de votre propre taupinière. Voici quelques idées clés en vue de développer vos habiletés de disciple.

Faites preuve de loyauté envers ceux qui vous dirigent.

Acceptez pleinement le rôle qui vous est alloué en tant qu'apprenti au service de quelqu'un. Vous n'occupez pas une position inférieure, vous êtes simplement en formation. À moins d'accepter d'apprendre d'abord à être un disciple efficace, vous ne réussirez jamais à être un leader efficace. Ne soyez pas immature au point de vous attendre à la perfection de la part de votre leader. Trop de gens passent ainsi d'un leader à l'autre, en pensant trouver éventuellement celui qui « fait vraiment le poids ». Tant que votre leader dirige avec une réelle intégrité morale, demeurez-lui attaché. Il mérite que vous lui manifestiez une loyauté sans faille. Honorez vos leaders et ils vous aideront à gravir les échelons en retour de la loyauté démontrée à leur égard.

Ne vous engagez jamais verbalement envers votre leader pour ensuite ne pas respecter votre parole.

Rien ne décourage plus un leader que les personnes qui promettent des tas de choses et ne font jamais rien. Les leaders préfèrent nettement qu'on ne leur promette rien, mais qu'on les surprenne par des actions concrètes. Un véritable disciple ne dira jamais : « Vous pouvez compter sur moi », pour ensuite présenter des excuses lorsque le temps est venu de passer à l'action. Mesurez bien vos paroles. Que vos promesses soient moins nombreuses que vos actions concrètes. En d'autres mots, que vos résultats parlent d'eux-mêmes.

Ne prenez jamais part à un événement tout seul.

Si votre leader tient un événement ou une rencontre, amenez-y quelques personnes avec vous, ou mieux encore, amenez-y plusieurs. Vous rendre à un événement avec trois places vides dans votre auto constitue un usage très inefficace de vos ressources et vous ratez ainsi une occasion en or. L'effet d'un événement est amplifié lorsque vous y assistez avec des gens que vous avez invités. Même pour les personnes naturellement introverties (comme moi), vous retirerez plus d'une rencontre et vous puiserez davantage d'énergie d'un événement si vous y assistez en compagnie d'une troupe de gens qui vous accompagnent.

Et maintenant, le comment : ***les habiletés***

1. Engagez-vous à vous rendre au prochain événement tenu par votre leader avec chacun des sièges de votre auto rempli par quelqu'un. Améliorez vos habiletés à mobiliser les gens.

2. Imprimez-vous un résumé des habiletés de vente et apprenez la liste par cœur.

3. Développez vos habiletés de vente à l'aide de jeux de rôle durant vos rencontres d'équipe.

4. Si vous n'êtes pas déjà engagé dans un programme de formation personnelle ou professionnelle dont vous acquittez vous-même les frais, le temps est venu de le faire.

5. Ne commettez pas l'erreur de passer l'éponge sur des traits de caractère nuisibles chez les gens que vous encadrez, dans le but de vous mériter leur « faveur » en tant que leader. Entamez une conversation « franche » avec une des personnes sous votre gouverne cette semaine, en gardant en vue son développement et sa croissance éventuelle.

Pour avoir rapidement du carburant : ***les habiletés***

Ce n'est pas une question de « si », mais plutôt de « quand » les difficultés viendront sur notre route. Savoir gérer les problèmes est une habileté que chaque personne ayant connu la réussite a eu à apprendre. —*Stan Endicott*

Toutes les personnes très performantes que je connais sont d'éternels apprentis, cherchant à acquérir des habiletés, la compréhension et des idées nouvelles. Lorsqu'elles ne sont pas en train d'apprendre quelque chose, elles cessent de croître, de progresser vers l'excellence. —*Denis Waitley*

Si vous comptez sur l'argent pour jouir éventuellement de l'autonomie personnelle, vous ne réussirez jamais à le faire. La seule véritable source de sécurité sur laquelle un homme puisse compter dans ce monde est la somme de connaissances, d'expériences et de savoir-faire qu'il a acquise. —*Henri Ford*

L'habileté et la confiance en soi sont une armée impossible à conquérir. —*George Herbert*

Peu de choses sont impossibles devant la diligence et l'habileté. —*Samuel Johnson*

Il ne faut pas entrer dans un marché en cherchant à y combler un besoin, mais plutôt en y offrant votre savoir-faire. Si vous ne vous sentez pas bien, il faut en parler à votre médecin, plutôt qu'aux gens qui constituent votre marché éventuel. Et si vous avez besoin d'argent, allez à la banque plutôt que vers ceux qui constituent le marché dans lequel vous opérez. —*Jim Rohn*

L'éducation n'est pas un temps de préparation pour la vie future. L'éducation devrait durer toute la vie. —*John Dewey*

L'habileté à faire quelque chose résulte de la pratique de cette chose. —*Ralph Waldo Emerson*

C'est Dieu qui accorde le savoir-faire à quelqu'un, mais l'homme doit y mettre aussi du sien. Il n'aurait pas pu créer les violons d'Antoine Stradivarius sans ce cher Antoine. —*George Eliot*

Le simple fait de nourrir un espoir ne suffit pas. Il vous faut avoir l'espoir, la passion et le savoir-faire. —*Tim Reid*

Ce qu'il vous faut, c'est trouver l'endroit où, à cause de vos habiletés personnelles, vous réussirez à exercer une influence significative. —*John McKinley*

Atelier de réussite : ***les habiletés***

1. Aimez-vous apprendre et développer de nouvelles habiletés ou avez-vous tendance à y être forcé par la pression des circonstances ? Évaluez-vous sur l'échelle qui suit.

   1 2 3 4 5 6 7 8 9 10

   Apprentissage forcé .... Apprentissage volontaire et motivé

2. Quelles sont les nouvelles habiletés que vous vous êtes efforcé de développer au cours des derniers six mois ?

   ____

   ____

3. Quelles sont les habiletés que vous souhaiteriez développer dans le futur ?

   ____

   ____

4. Combien d'argent investissez-vous chaque mois en vue de développer ces habiletés nouvelles ?

____

5. Dans quel domaine avez-vous besoin d'améliorer vos compétences dans vos rapports avec les gens ?

____

____

6. Quelles sont les habiletés spécifiques sur lesquelles votre équipe et vous devriez vous concentrer au quotidien ?

____

____

7. Quelles sont les trois habiletés principales nécessaires pour connaître la réussite dans votre domaine ?

____

____

____

Chapitre 7
La faveur

Certains se satisfont de demeurer poliment debout devant les portes de la fortune à attendre qu'elle les invite à entrer. D'autres préfèrent foncer vers l'avant en employant tous les moyens à leur disposition ; ils aspirent à embrasser la fortune en comptant sur leur valeur personnelle et leur courage, et ils finissent par s'attirer ses faveurs.

Baltasar Gracian

Durant la lecture du testament d'un homme riche, les membres de sa famille portaient une attention spéciale à ce qui y était écrit, et plus particulièrement son neveu coureur de jupons. À la fin, le notaire conclut ainsi : « Et à mon neveu, John, à qui j'avais promis de ne pas l'oublier dans mon testament : "Je te salue, John !" »

Se trouver en position de recevoir une faveur aide assurément dans la quête de la réussite. Obtenir la faveur de quelqu'un est-il toutefois quelque chose d'aussi aléatoire et incertain qu'un oncle riche se rappelant de vous dans son testament ? Existe-t-il des moyens de jouir davantage de la faveur d'autrui à notre égard ? Oui, il est possible d'augmenter la faveur d'autrui à votre égard sans aucun besoin d'un oncle riche.

La plupart des succès que j'ai connus peuvent être attribuables à une personne qui m'a démontré sa faveur. Je n'ai pas eu à exécuter une dance pour l'obtenir et ce n'était surtout pas une question de mérite personnel. Et pourtant, j'ai joui de cette faveur, parce que j'étais en position de l'obtenir. Sans de telles faveurs, je ne serais clairement pas où je me trouve aujourd'hui en termes de réussite. Recevoir une faveur de quelqu'un est certainement un facteur déterminant pour jouir du succès.

Vous est-il possible de réussir sans que personne ne fasse preuve de bonté à votre égard en vous accordant une faveur ? Peut-être. Je ne connais tout simplement personne ayant connu la réussite qui n'attribue pas une partie de ce succès au fait d'avoir joui d'un coup de pouce providentiel de quelqu'un, le long du chemin. J'en conclus que bien que l'homme ait le potentiel d'être le seul artisan de sa réussite, à la vérité, personne ne jouit du privilège de ne pas avoir à remercier quelqu'un de lui avoir ouvert une porte, à un moment ou à un autre, au cours de sa vie.

Bien qu'il vous soit impossible de créer ou exiger une faveur, vous pouvez vous mettre en position de l'attirer vers vous.

Parmi les qualités dont j'ai parlé jusqu'ici, la faveur est la plus ambiguë du lot. Nous bénéficions de certaines faveurs et nombre de possibilités de jouir de ce privilège se trouvent sur notre route, mais la faveur de quelqu'un est quelque chose qui est largement en-dehors de notre contrôle.

On ne peut pas dire : « Allez-y et obtenez une faveur ! », comme on dit : « Assumez vos responsabilités ! » ou « Prenez des risques ! » De la même manière, on peut dire : « Augmentez votre foi ! Élargissez votre vision ! Stimulez votre passion ! » mais de dire : « Ayez plus de faveur » entraîne immanquablement la question : « Oui, mais comment ? »

Vous ne pouvez forcer quelqu'un à vous accorder une faveur. Ainsi, comment faire pour obtenir la faveur d'autrui d'une manière qui vous donne un réel coup de pouce sur la route vers la réussite ? Voici ce qu'il vous faut savoir à ce sujet : bien qu'il vous soit impossible de créer ou d'exiger une faveur, vous pouvez vous mettre en position de l'attirer vers vous. Engagez-vous à suivre les consignes suivantes et vous augmenterez la faveur dont vous serez l'objet.

Devenez la solution aux besoins des gens

La faveur se déverse vers ceux qui anticipent les besoins d'autrui et leur apportent une solution. Lorsque vous vous préoccupez davantage des besoins des personnes qui vous entourent que vos propres besoins, vous vous attirerez ainsi plus de faveur.

En tant que conférencier invité à différents événements, je mets beaucoup de soin à exprimer intentionnellement ma sincère appréciation aux courageux leaders qui tiennent ces événements, parce que réussir à attirer des participants lors d'une rencontre, quel que soit le nombre, est une tâche très exigeante. Les leaders et organisateurs d'événements sont dignes d'un double honneur. Bien que le dicton *tout effort mérite récompense* semble crédible, il n'y a en réalité aucune garantie à ce sujet. Nombre de mes amis leaders ont fait l'expérience de ce que c'est que d'organiser un événement d'envergure, pour ensuite avoir à en défrayer les coûts en puisant dans leurs ressources personnelles parce que les inscriptions étaient trop peu nombreuses.

Ainsi, chaque fois que je monte sur le podium pour m'adresser à un auditoire, je reconnais à quel point c'est un privilège de pouvoir le faire. Bien que je travaille fort pour offrir une présentation inspirante, je m'efforce de me rappeler que les gens à qui je m'adresse ne sont pas venus là à cause de moi. Ils sont venus parce que quelqu'un s'est tapé le dur labeur de galvaniser tout un chacun, d'organiser l'événement et de s'engager financièrement à couvrir les pertes éventuelles si la participation ne s'avérait pas à la hauteur des attentes. Je me trouve là en tant que serviteur. Mon travail est d'aider ces leaders à atteindre les objectifs qu'ils s'étaient fixés en organisant l'événement. Cette attitude m'a aidé à me mériter la faveur de nombreux leaders et lorsque j'ai le privilège d'être invité à nouveau, je sais que l'esprit de service qui m'anime en est l'une des raisons principales.

Lorsque la prochaine vente détermine si votre famille aura à manger ou non, il est difficile de penser à faire passer les besoins d'autrui avant les vôtres, mais vous devez le faire.

Le chercheur en psychologie de Harvard, le Dr Larry Scherwitz, donne la clé permettant de gagner davantage la faveur d'autrui : « Écoutez attentivement lorsque les autres parlent. Accordez temps et énergie à autrui, faites passer les intérêts des autres en premier ; comportez-vous de manière à faire passer vos propres besoins au second plan. »

Faire passer les besoins d'autrui avant les vôtres est la clé vous permettant de vous mériter la faveur d'autrui. Cela semble simple à faire, mais à la vérité, c'est quelque chose de difficile à se rappeler lorsque vous vous trouvez dans une situation contraignante. Lorsque la prochaine vente détermine si votre famille aura à manger ou non, il est difficile de penser à faire passer les besoins d'autrui avant les vôtres, mais vous devez le faire. Rappelez-vous que la faveur, la dignité et le succès souriront aux personnes qui sont capables de faire passer les besoins d'autrui avant les leurs.

Soyez un porteur de vie

Les gens qui accordent leur faveur aux autres sont enclins à favoriser ceux qui communiquent la vie à leur entourage. Vous ne pouvez savoir à l'avance l'influence que vous aurez dans la vie des gens par l'encouragement que vous leur offrez, c'est pourquoi efforcez-vous de communiquer vie et valeur à tout ce qui vous entoure. Ne choisissez pas de démontrer vos qualités uniquement quand la situation risque de vous être avantageuse. Entraînez-vous plutôt à investir la même somme d'énergie, quelle que soit la situation donnée.

Soyez le premier à sourire. Soyez le premier à offrir un compliment. Soyez le premier à vous porter volontaire. Soyez celui qui demande aux autres quels sont leurs domaines d'intérêt. Soyez le premier à demander la carte d'affaires des gens que vous rencontrez. Soyez le premier à téléphoner, quelques jours plus tard et à laisser un message encourageant. Cherchez des moyens modestes de vous démarquer des autres dans ce domaine. N'oubliez pas que dans cette ère des messages électroniques, envoyer une carte postale rédigée à la main ou une lettre manuscrite à quelqu'un peut faire une plus grande impression sur lui que d'écrire un message sur son babillard électronique.

Fixez-vous comme objectif d'apporter lumière et vie à l'existence d'autrui. Agir de cette manière établit un champ magnétique qui vous attirera sa faveur. Vous ne pouvez savoir à l'avance d'où cette faveur proviendra, mais elle sera manifestée, c'est certain. Pendant combien de temps devriez-vous garder une telle attitude ? Tout le monde peut se montrer vibrant durant un bref moment. Les gens qui font l'expérience de plus de faveur sont ceux qui sont vibrants en permanence. Il m'est toujours surprenant de constater combien je suis l'objet de la faveur de quelqu'un après que je lui aies apporté un peu d'air frais, des années auparavant. Il vous est donc possible d'engendrer un véritable élan de faveur à votre endroit.

Excellez dans la pratique de vertus oubliées

Il y a une maxime en littérature ancienne qui affirme : « Les dons d'une personne lui ouvrent la voie et lui donne éventuellement accès aux rois. » À l'évidence, si vous êtes un brillant golfeur, inventeur, investisseur ou designer de mode, vous jouirez par conséquent d'une certaine attention publique. Le fait d'exceller dans un domaine qui a une grande valeur sur le marché est annonciateur de succès pour la personne brillante. Mais ne vous découragez pas si vous sentez que vous n'avez pas l'un de ces atouts incroyables. Exceller dans la pratique des vertus oubliées peut vous gagner tout autant la faveur d'autrui que si vous possédiez un talent très particulier.

Excellez dans les *qualités de vie* qui n'exigent pas un don naturel particulier. Gardez votre parole, soyez fidèle, conséquent, soyez celui qui range tout, qui fait le kilomètre supplémentaire ; soyez le premier arrivé et le dernier parti, soyez le premier à vous engager, à assumer plus de responsabilités. Faites-vous la réputation de quelqu'un qui « passe aux actes sans attendre », puis efforcez-vous d'améliorer cette réputation continuellement.

Franchement, ce monde n'a pas besoin d'une personne douée ou brillante de plus de laquelle s'enticher. Il a plutôt besoin de gens qui ont à cœur d'encourager et d'inspirer les autres à grandir sur le plan personnel. Vous n'avez nul besoin d'avoir un talent hors du commun. Vous n'avez besoin de que de vous démarquer en faisant continuellement le bien. Agissez de la sorte et vous jouirez de la faveur d'autrui. Peut-être même de celle de rois.

Montrez-vous courageux

Les courageux jouissent davantage de la faveur d'autrui que les autres. Comme l'a écrit autrefois le poète romain Ovide (43 av. J.-C.) : « La fortune et l'amour sourient aux audacieux. » Qu'êtes-vous en train de faire dans votre vie que votre équipe considère comme courageux ? Dans son livre, *You Gotta Keep Dancin,* Tim Hansel parle de son expérience de survie au milieu des glaciers, après avoir fait une chute lors de l'ascension d'une montagne. Les répercussions physiques de l'accident donnèrent aux vertèbres de sa colonne vertébrale l'aspect de voitures empilées les unes sur les autres sur une autoroute baignant dans le brouillard.

Tous les médecins consultés affirmèrent qu'ils ne pouvaient rien faire dans la situation et que Tim devait se résigner à vivre en composant avec la douleur. » Tim se rappelle : « Sans le réaliser, je m'étais retrouvé coincé dans une attitude où je me soumettais fondamentalement à la souffrance et je l'endurais. Je ne savais pas que j'avais une autre option. Je devins plus prudent dans mes activités physiques parce que l'un des médecins m'avait informé que, comme mes vertèbres étaient instables, je pouvais devenir paraplégique simplement en heurtant par inadvertance le montant d'une porte. Plus je faisais preuve de prudence dans mes activités quotidiennes et plus intense devenait la douleur. »

Quelle prise de conscience déterminante : « Plus je faisais preuve de prudence dans mes activités quotidiennes et plus intense devenait la douleur. » Lorsque vous êtes capable de vivre avec courage, faire preuve de prudence excessive ne fera pas disparaître votre douleur, mais cela vous ravira votre joie et la jouissance de la faveur des autres dans l'avenir.

Le moment de vérité est venu pour Jim Hansel lorsqu'il a fait la connaissance d'un médecin qui était d'accord avec le diagnostic des autres spécialistes de la santé, mais qui lui a prescrit quelque chose qui a fait une différence fondamentale dans sa vie. Il a dit à Tim de reconnaître le fait que le dommage était irrémédiable et que la douleur allait demeurer. Puis il lui a recommandé d'accepter la situation telle qu'elle était et de vivre

> *« La grandeur de votre estrade est directement proportionnelle à la somme de douleur que vous pouvez supporter. »*
> Craig Groeschel

à cent à l'heure, en mordant à pleines dents dans l'existence, jusqu'à la limite de son courage et de sa douleur.

Faire preuve de courage ne signifie pas nécessairement faire un saut en bungee du haut d'un pont. C'est plutôt une question de vivre de telle manière que les gens puissent voir que votre courage est plus grand que votre douleur.

Faites preuve de bonté

Le Dr Norman Vincent Peale a écrit: « Lorsque vous avez réussi à vous détacher mentalement de votre propre personne et à vous concentrer sur l'idée d'aider les autres dans leurs difficultés, vous serez alors en mesure de composer avec les vôtres plus facilement. En quelque sorte, le geste de vous oublier au profit d'un autre constitue un facteur de libération personnelle des plus puissants. » Faire preuve de bonté vous procurera la faveur d'autrui à deux niveaux. Le premier, comme le souligne le Dr Peale, est la manière dont cette manifestation de bonté vous rendra davantage capable de gérer vos propres circonstances. Le second est la manière dont la bonté peut améliorer vos propres circonstances.

Il y a quelques années, je me trouvais à la réception d'un hôtel pour y prendre une chambre à Kansas City. Il était tard et j'avais hâte de me retrouver au lit pour une bonne nuit de sommeil en vue d'être en pleine forme pour les conférences qui m'attendaient les jours suivants. À l'autre bout du comptoir de la réception se trouvait une femme portant un bandana autour de la tête. Son jeune fils était assis dans un fauteuil du hall d'entrée. La femme avait eu la mauvaise fortune de laisser les feux de sa voiture allumés, ce qui avait entraîné comme conséquence que la batterie se trouvait à plat. Elle avait demandé au personnel de l'hôtel s'ils avaient un chariot de dépannage avec lequel faire redémarrer la voiture. Comme l'hôtel ne possédait pas un tel attirail, le gérant offrit à la dame de téléphoner à une compagnie de dépannage pour qu'ils viennent démarrer son auto. La compagnie était bien disposée à venir, mais moyennant des frais de cinquante dollars. Il se tourna vers la dame pour lui demander si elle était d'accord.

Le désespoir se lisait sur son visage, tandis qu'elle prit son fils dans ses bras et sortit dans la nuit froide.

Je ne pus m'empêcher de voir le découragement sur le visage de la femme. C'était là, à l'évidence, une somme qu'elle n'avait pas en sa possession. Je m'aperçus alors sans peine que le bandana que la dame portait servait à couvrir les effets de traitements de chimiothérapie. Elle fit signe au gérant de ne pas s'en faire et se dirigea vers son fils, maintenant presque endormi dans le fauteuil. Le désespoir se lisait sur son visage, tandis qu'elle prit son fils dans ses bras et sortit dans la nuit froide.

Lorsque la réceptionniste de l'hôtel me tendit la clé de ma chambre, je lui remis cinquante dollars et demandai au gérant de retéléphoner à la compagnie de dépannage. Puis, je me rendis à ma chambre. Environ vingt minutes plus tard, le téléphone sonna. La réceptionniste me demanda de prendre mes affaires et de redescendre dans le hall d'entrée. Une fois rendu, le gérant de l'hôtel vint à ma rencontre et m'expliqua ce qui suit : « Monsieur, nous tenons à vous remercier pour votre gentillesse envers cette femme et son fils. Je constate que vous serez des nôtres pour les trois prochains jours, c'est pourquoi nous aimerions vous loger dans la suite présidentielle pour la durée totale de votre séjour. Est-ce que cette idée vous sourit ? »

Ainsi, un geste de bonté en a entraîné un autre. La femme et son fils ont été tout heureux de pouvoir rentrer chez eux et je l'étais tout autant d'occuper la suite présidentielle. Faire preuve de gentillesse n'assure pas toujours une telle faveur, mais cela vous met en position de l'obtenir. Il y a tant de gens autour de vous qui sont complètement épuisés. Que pourriez-vous faire, ou mieux encore, que pourriez-vous faire avec votre équipe pour opérer une réelle différence dans leur vie ?

Montrez-vous généreux

La générosité dans sa forme la plus pure est de vous montrer généreux envers les personnes qui ne peuvent pas vous retourner la faveur ou vous récompenser en conséquence. John Bunyan a affirmé : « Vous n'avez pas pleinement vécu aujourd'hui tant que vous n'avez pas fait quelque chose pour quelqu'un qui se trouve dans l'impossibilité de vous le rendre. » C'est ce genre d'attitude qui vous positionne ultimement dans un courant où est accordée la faveur d'autrui – incluant le fait de l'offrir autant que de la recevoir.

Développez la qualité personnelle de la générosité. Arrosez ce monde le plus possible de votre générosité et cette faveur vous sera rendue éventuellement. La faveur est offerte plus facilement à ceux qui sont portés à l'accorder aux autres, plutôt qu'à chercher à la recevoir à n'importe quel prix.

Mettez-vous au défi de poser des gestes généreux chaque jour. Adoptez un style de vie empreint de générosité. Bien que cela exige de faire preuve de créativité et de réflexion, la générosité implique rarement de grosses sommes d'argent. Prenez l'habitude de faire preuve de générosité. Cela vous permettra d'acquérir des traits personnels qui vous attireront la faveur d'autrui.

Montrez-vous confiant dans les objectifs fixés

Le philosophe romain Sénèque a affirmé avec justesse : « Il n'y a pas de vent favorable pour la personne qui ne sait pas où elle veut aller. » Avoir une solide raison d'être vous attirera le soutien des autres dans la poursuite de cet idéal. Les gens aiment bien marcher derrière ceux qui savent où ils vont et qui se montrent confiants dans les objectifs qu'ils se sont fixés. Dans quelle direction allez-vous ? Quelles sont les valeurs les plus importantes pour vous ? Quelles sont celles pour lesquelles vous seriez prêt à vous battre ? Avoir des réponses claires et précises à ces questions, en tant qu'individu autant que comme équipe, ne fera qu'augmenter l'attrait que vous exercez sur les gens qui vous ressemblent.

Il arrive fréquemment que quelqu'un nous demande : « Que faites-vous dans la vie ? » Nous avons parfois de la difficulté à trouver les mots justes dans notre réponse. Souvent, nous ne fournissons pas la même réponse deux fois. C'est pourquoi il vous faut définir quelle est votre raison d'être en une courte phrase, la mémoriser et prendre l'habitude de la répéter avec confiance, quelle que soit la situation. Ne parlez pas avec précipitation, mais partagez la chose avec clarté et conviction. Lorsqu'on me demande ce que je fais dans la vie, ma réponse est simple : « J'aide les gens à améliorer leur productivité personnelle et leurs résultats. » Bien sûr, il ne s'agit là que de la pointe de l'iceberg, mais c'est suffisant pour susciter l'intérêt des bonnes personnes. Votre vision, lorsque bien articulée, stimulera l'enthousiasme des gens qui sont animés d'une vision similaire.

Soyez positif par prédisposition

Décidez d'emblée de vous montrer positif envers les gens. Rien ne repousse la faveur d'autrui autant qu'un esprit critique à l'égard des autres. Bien sûr, certaines personnes méritent la critique, mais vous n'avez pas les moyens d'être celui qui la dispense. Être critique peut s'avérer une réaction valide face à une injustice, mais cela peut facilement se transformer en attitude générale. Notre esprit humain a naturellement tendance à voir les choses en noir dans les relations lorsque celles-ci ne fonctionnement pas à notre goût. Lorsque nous commençons à flirter avec une telle inclinaison, la faveur cessera alors de nous sourire. Renversez donc cette tendance en résistant à la tentation. Même si une personne mérite une bonne dose de critique, ne soyez pas celui qui la sert. Cela ne vaut pas le prix associé à l'effet éventuel sur votre esprit.

Il y a plusieurs années, j'ai rédigé le poème qui suit pour m'aider à me rappeler de me montrer positif à l'égard d'autrui. Je me le récite toujours – et bien souvent ! Il recentre mon esprit et me ramène en position où je pourrai jouir de la faveur d'autrui à nouveau.

Ne pense que du bien

Ne pense que du bien de la vie et des gens.
Ne gaspille pas de temps à des pensées faciles.
Forme ta pensée à se comporter d'une manière
Qui reflète la personne que tu souhaites devenir un jour.
Réfléchis à la réussite avant qu'elle n'arrive.
Laisse-la briller à travers tes paroles et tes actions.
Visualise qui tu seras
Car de telles réflexions façonnent ta destinée même.

— Wes Beavis

Il est plus difficile de gérer le fait de recevoir des faveurs dans votre vie que de gérer la croissance de votre foi et de votre vision. Et pourtant, la faveur constitue un ingrédient important dans la recette du succès. La faveur coule vers des personnes et elle provient d'elles, jour après jour. C'est pourquoi, il vous vaut prendre tous les moyens à votre disposition pour vous positionner dans ce courant. Offrez votre faveur aux autres et positionnez-vous de manière à la recevoir d'eux également.

Et maintenant, le comment : ***la faveur***

1. Vivez chaque jour dans l'attente de jouir de la faveur éventuelle de quelqu'un. Rappelez-vous au quotidien que vous excellez dans l'art d'accorder votre faveur aux autres et que vous êtes pleinement digne de jouir de la faveur d'autrui.

2. Écrivez un mot au leader de votre équipe pour lui exprimer votre gratitude pour le fait d'être le bénéficiaire de sa faveur et du temps qu'il vous consacre.

3. Prenez la résolution de faire passer les besoins des autres avant les vôtres.

4. Dressez une liste des gens à qui vous souhaitez manifester votre faveur. Parcourez cette liste en notant les réactions des personnes en question. Partagez ces réactions et réponses durant votre prochaine rencontre d'équipe.

5. Travaillez à élaborer une réponse concise et intéressante à la question : « Que faites-vous dans la vie ? » Exercez-vous à donner cette réponse de manière à ce qu'elle devienne naturelle et assurée.

Pour avoir rapidement du carburant : ***la faveur***

Dès le moment où quelqu'un s'engage résolument dans une voie, la providence se met alors en branle aussi. Un ensemble complet d'événements résulte ainsi de la décision de cette personne, provoquant en sa faveur une panoplie d'incidents et de rencontres nouvelles, et de soutien matériel que cette personne n'aurait jamais pu espérer voir se produire dans sa vie. —*William Hutchinson Murray*

Avez-vous déjà remarqué pour qui les accidents de parcours se produisent ? La chance favorise uniquement la personne à l'esprit bien préparé. —*Louis Pasteur*

Celui qui se voit favorisé par la bonne fortune devrait foncer hardiment vers l'avant, car la chance sourit aux audacieux. —*Baltazar Gracian*

S'acquitter d'un travail avec soin aujourd'hui est le meilleur moyen de se mériter des faveurs demain. —*Stan Endicott*

La faveur et les honneurs sont accordés plus justement aux personnes qui ne les recherchent pas. —*Titus Livius*

Il vaut mieux de pas offrir un compliment et rechercher la faveur de quelqu'un en même temps. Un compliment en vue d'obtenir quelque chose en retour n'a aucune valeur. —*Mark Twain*

J'ai un préjugé favorable envers celui qui, sans impudence, demande hardiment. Il a foi en l'humanité et foi en lui-même. La personne qui n'a pas l'habitude de donner avec joie et largesse ne sera pas capable de demander quelque chose hardiment et avec noblesse de cœur. —*Johann Kaspar Lavater*

De bonnes présentations trouvent faveur auprès d'autrui. Les mauvaises engendrent les critiques. —*Arthur Tugman*

La personne qui jouit le plus de la faveur d'autrui est celle qui sait comment l'offrir en retour. —*Publilius Syrus*

Si nous faisons le nécessaire, nous aurons toutes les chances en notre faveur. —*Charles Buxton*

L'homme qui sait comment recevoir une faveur mais ne sait pas comment rendre la pareille n'a aucune valeur. —*Titus Maccius Plautus*

Atelier de réussite : ***la faveur***

1. Puisque la fortune sourit aux audacieux, voici où je me situe sur l'échelle de la hardiesse.

   1 2 3 4 5 6 7 8 9 10

   Hardi à l'occasion . . . . Toujours prêt à foncer

2. Réfléchissez aux avancées spectaculaires que vous avez connues au cours de votre vie. Se sont-elles produites grâce à la faveur de quelqu'un ? Dressez la liste d'autres percées que vous avez vécues, en notant les noms des personnes qui ont rendu ces progrès possibles.

   ____

   ____

   ____

   ____

   ____

3. Y a-t-il quelque chose que vous ayez fait pour vous positionner de manière à jouir des faveurs énumérées précédemment ? Expliquez…

____

____

____

____

4. Nommez quelqu'un dans votre vie actuellement envers qui vous pourriez démontrer davantage de bonté.

____

Que pourriez-vous faire, au juste, pour cette personne ?

____

____

5. Nommez trois qualités que vous pourriez apprendre à cultiver, de manière à augmenter vos chances de jouir de la faveur d'autrui.

____

____

____

Chapitre 8
La lutte

Il y a de bonnes choses dans ce monde et elles valent la peine qu'on se batte pour elles.
J.R.R. Tolkien

Le 8 janvier 2004, Anne Hjelle a fait une sortie à vélo dans les montagnes avec son amie, Debi Nicholls. Elles étaient alors ignorantes du fait que sur la piste qu'elles venaient d'emprunter, un autre adepte du vélo de montagne venait tout juste d'être attaqué et tué par un couguar. Et elles étaient loin de se douter que le même prédateur allait bientôt en redemander.

Anne avait gagné une légère avance sur Debi, tandis qu'elles pédalaient le long des pistes accidentées du Whiting Ranch Wilderness Park, au sud de la Californie. Ce fut une avance qui permit à Debi d'éviter d'être la prochaine victime. Anne se souvint d'avoir aperçu brièvement la toison rousse de l'animal dans sa vision périphérique. Durant une fraction de seconde, elle pensa avoir surpris un cerf, lesquels venaient souvent brouter le long de la piste de vélo.

Cette pensée disparut dès l'instant où un couguar male adulte planta ses dents dans son cou, la projetant de force de son vélo jusque dans un ravin. Sans avertissement, Anne se retrouva alors à lutter pour sa vie.

L'animal planta ses crocs à répétition dans le cou et le visage d'Anne dans le but d'avoir suffisamment de prise pour endommager sa moelle épinière, la paralyser et réussir ainsi à la tuer. Toutefois, le casque de vélo d'Anne empêchait le fauve de pouvoir appliquer la morsure parfaite qui aurait mis fin instantanément à sa vie.

C'est alors que Debi est entrée en scène. Elle s'engagea dans une lutte acharnée avec le couguar, tandis que ce dernier cherchait à traîner Anne plus profondément dans le ravin et qu'elle tirait sur la cheville gauche de son amie de toutes ses forces en jurant : « Je ne vais pas te laisser mourir ». Et tandis que Debi se débattait ainsi pour dégager son amie des mâchoires de l'animal, Anne priait et frappait le prédateur à la tête. Mais le lion des montagnes était maintenant entré dans une « transe meurtrière », de sorte qu'aucun coup, aucune lutte, aucun cri n'arriverait à ébranler la bête dans ses intentions.

> *« Hjelle comprit que si elle survivait à cette attaque, elle serait défigurée. Durant une fraction de seconde, elle se demanda s'il ne valait pas mieux pour elle d'être morte. »*
> Los Angeles Times

Debi, déployant toute la force que les muscles de son corps frêle pouvaient fournir, luttait pour tirer Anne vers le haut du ravin et la dégager de l'emprise mortelle de la bête. Le lion des montagnes, plus fort qu'elle, tirait Anne vers le bas en lui brisant le côté gauche du visage par la même occasion.

Le combat semblait sans espoir. Lorsque le couguar réussit à serrer ses mâchoires autour de son cou, Anne perdit conscience.

Mike Castellano, 41 ans, l'un des deux hommes venus à la rescousse des cyclistes, a raconté au LA Times: « Je n'avais jamais rien vu de pareil – un combat entre un lion des montagnes déterminé à entraîner sa victime au bas du ravin par le visage, et sa partenaire de randonnée cycliste qui la tenait fermement par les jambes. »
www.timesonline.co.uk

C'est alors que deux facteurs sont entrés en jeu pour inverser les chances en faveur d'Anne et de Debi. Le premier facteur fut qu'un autre groupe de randonneurs passa là par hasard sur la même piste. Lorsque les cyclistes entendirent les bruits de lutte et les cris, ils s'empressèrent de descendre de vélo pour lancer des pierres en direction du couguar. Le deuxième facteur fut que l'animal, en cherchant à traîner Anne au bas du ravin, se trouvait maintenant adossé à un arbre et il relâcha alors son emprise sur sa victime. Il se retira à une certaine distance, attendant une occasion propice pour attaquer de nouveau.

Quelqu'un dans le deuxième groupe de cyclistes avait appelé le 911 et dix-neuf minutes plus tard, l'équipe de sauvetage arriva sur les lieux. Un hélicoptère se tenait au-dessus dans les airs et envoyait des communications radio à l'équipe de sauveteurs en bas dans le ravin. Ces derniers se tenaient entre Anne et le couguar. Les pilotes de l'hélico évaluèrent la position du fauve et informèrent l'équipe médicale qu'il se préparait à attaquer de nouveau, tapi derrière eux. Le sauveteur qui était en train d'essayer d'administrer une intraveineuse à Anne avait de la peine à empêcher ses mains de trembler. Réussir à introduire une aiguille dans une veine d'Anne avec un couguar sur le point de se jeter sur vous dans votre dos était en soi un petit miracle.

Anne fut rapidement transportée par hélicoptère vers la Mission Hospital d'Orange County. Après avoir survécu à une première menace à sa vie, le prochain combat allait bientôt commencer pour elle. Les médecins qui ont pratiqué l'intervention chirurgicale sur Anne ont affirmé que c'était comme si quelqu'un avait ouvert complètement le côté gauche de son visage, avait jeté quelques poignées de terre sur la plaie et avait refermé le tout. Le dommage était immense et la possibilité d'infection était très élevée. Les chirurgiens prirent le temps de tout nettoyer avec soin, ils firent les points de suture nécessaires dans l'espoir qu'Anne parvienne à lutter contre l'infection et possiblement la rage, de même que les effets d'une énorme perte sanguine.

Après avoir remporté ce combat, Anne dut composer avec le prochain se présentant à elle. La vie telle qu'elle l'avait connue avant cette attaque était changée à jamais pour elle. Même après son retour à la santé, il n'y avait aucun moyen de retrouver la vie qu'elle avait vécue auparavant. Elle savait que le processus de récupération serait long. Son mari, James, serait soumis à un énorme stress en tant que pourvoyeur de soins et pourvoyeur tout court. Anne savait que James serait en mesure de gérer tout ça et qu'il ne vacillerait pas sous le fardeau, mais elle était triste que la vie de son mari soit si affectée par sa mésaventure.

Physiquement, Anne n'était plus du tout la même. S'ajuster aux changements drastiques dans son apparence physique fut également tout un combat. Chaque fois qu'elle se regardait dans la glace, il lui fallait revoir ses attentes. Son visage familier avait disparu. Le processus d'intégrer peu à peu dans sa pensée sa nouvelle physionomie couverte de cicatrices s'avéra plutôt difficile et pénible émotionnellement. Toutefois, Anne ne cessa de lutter, combat après combat, en remportant une victoire après l'autre.

Il y avait encore un nouveau défi qui attendait Anne et James. Après avoir survécu au traumatisme de l'attaque d'un lion des montagnes dans sa vie, Anne fut entraînée malgré elle sous le feu des projecteurs. Chaque média majeur désirait obtenir d'elle une interview. Des émissions du matin, jusqu'au *Larry King Live,* les invitations fusèrent. Bien qu'elle préférait nettement demeurer dans l'ombre, Anne conclut que si son expérience pouvait encourager d'autres personnes à reprendre courage, elle était d'accord de raconter son histoire et de parler de la foi qui l'animait.

Après avoir réfléchi à ce qui lui était arrivé, Anne me partagea que lorsque le couguar avait les mâchoires solidement refermées sur son cou et qu'elle comprit que son visage avait été arraché, le combat pour sa survie est devenu autant émotionnel que physique. Elle savait qu'il lui serait facile d'abandonner la lutte, de baisser les bras et de laisser le fauve l'emporter. Anne ajouta qu'il y avait alors un étonnant dialogue mental se déroulant dans sa tête – tandis que le lion des montagnes déchirait littéralement

> *« Ce fut un véritable miracle qu'avec un visage si amoché, les yeux de Hjelle soient demeurés en parfait état. »*
> CBS News

son corps. Anne se rappelait avec précision : « Ce furent les habitudes mentales que j'avais développées au jour le jour qui se sont mises en branle lorsque je luttais pour ma survie. Je croyais fondamentalement que la vie valait la peine qu'on lutte pour la garder, et c'est exactement ce que j'ai fait. »

Aujourd'hui, le message qu'Anne et James aimeraient laisser aux autres est d'apprendre à développer la meilleure perspective dans toute situation donnée. Anne affirme : « Au lieu de concentrer mon attention sur les cicatrices, je me dis plutôt combien il est incroyable que je jouisse toujours d'une vision 20/20 dans les deux yeux. » Plus récemment, Anne m'a confié : « Tu sais, Wes, les gens sont capables de lutter dans la vie bien au-delà de ce qu'ils croient. Certains m'ont dit : "Je ne réussirais jamais à passer au travers de tout ce que vous avez enduré." Je leur réponds : "Vous n'avez aucune idée à quel point vous êtes fort, en réalité !" »

L'amie d'Anne, Debi Nicholls (gauche), lutta avec le couguar dans un brutal jeu de force.

Anne, le long d'une piste de randonnée, dans les canyons Aliso et Wood, à Laguna Beach, dans le sud de la Californie.

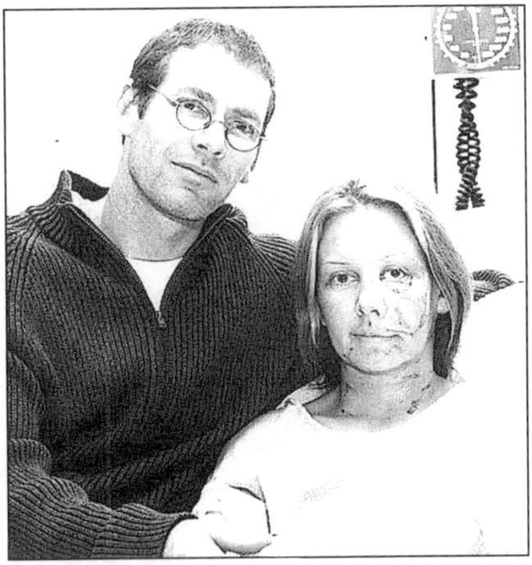

Anne subit plus de quarante morsures à son cou et son visage, qui fut reconstruit à l'aide de plus de 200 points de suture et broches.

Anne et son mari, James.

« Bien sûr, je n'ai plus la même apparence, mais je suis demeurée la même personne à l'intérieur. Même les jours où je manquais de confiance en moi, j'ai choisi d'afficher un large sourire. J'ai fait preuve de détermination même si je me sentais plutôt faible intérieurement – et avant longtemps, je suis devenue forte ! » — Anne Hjelle

Les photos ont été fournies par www.annehjelle.com.

Soyez toujours celui qui se bat !

Vous devez lutter si vous voulez connaître la réussite, parce que vous ne recevrez pas ce que vous méritez dans la vie, pas plus que ce qui est juste. Vous obtiendrez ce pourquoi vous luttez. N'allez pas croire que les gens connaissent le succès parce qu'ils ont eu de la chance ou qu'ils ont simplement croisé la bonne personne au bon moment. Les choses vous semblent peut-être ainsi de l'extérieur, mais c'était leur volonté de continuer à lutter qui les a conduits ultimement à connaître la réussite.

Atteindre les objectifs que vous vous êtes fixés constituera un combat de tous les jours. C'est Margaret Thatcher qui a affirmé : « Il vous faudra peut-être mener le combat à plus d'une reprise pour remporter la victoire. » Cela s'avère si vrai, surtout compte tenu du fait que le premier champ de bataille se trouve dans votre pensée. Et Sally Kempton a dit, pour sa part : « Il est difficile de lutter contre un ennemi qui a des avant-postes dans votre tête. » Une fois que vous aurez eu la victoire dans le combat quotidien au niveau de vos pensées, vous serez alors mieux armé pour lutter contre les inévitables dragons qui se trouveront entre vous et votre objectif. Atteindre la réussite s'avèrera un véritable combat, je vous le garantis. La seule question qui reste alors est la suivante : « Le guerrier se présentera-t-il au combat chaque jour pour remporter éventuellement la victoire ? »

Le succès ne s'obtient pas par la bonne fortune seulement. Il est accordé à ceux qui luttent pour l'obtenir. Êtes-vous prêt à surmonter le rejet et à devoir le faire au quotidien ? Car chaque jour vous apportera son ensemble unique d'émotions ou de circonstances. Êtes-vous prêt à lutter contre le vague à l'âme et les déceptions ? Le guerrier qui se trouve enfoui en vous le peut assurément. Êtes-vous prêt à lutter pour vous montrer plus productif ? Êtes-vous prêt à lutter contre la propension humaine à gaspiller le temps si précieux ? Êtes-vous prêt à lutter pour obtenir de meilleurs résultats et continuer à vous battre pour votre rêve ?

Dans son vif désir d'encourager l'Angleterre à ne pas perdre espoir, durant les heures les plus sombres de la Seconde Guerre mondiale, Winston Churchill a déclaré : « Nous allons nous porter à la défense de notre île, quel qu'en soit le prix ; nous combattrons sur les plages, nous combattrons sur les terrains d'atterrissage, nous combattrons dans les champs et dans les rues, nous combattrons dans les collines ; nous ne nous rendrons jamais. »

Êtes-vous capable, avec la même passion que Winston Churchill, de déclarer, même durant vos heures les plus sombres : « Je vais défendre ma vision, je vais en assumer les responsabilités, quel qu'en soit le prix. Je relèverai les défis, je lutterai contre la tentation de sombrer dans le négativisme, je lutterai contre l'apathie. Je vais me laisser diriger par la poursuite de mes rêves plutôt que par les circonstances. Je vais lutter pour m'améliorer chaque jour, dans le but d'assurer à chacun un meilleur avenir. Je m'engage à quitter cette terre en y ayant contribué davantage que ce que j'y ai pris. Je ne capitulerai JAMAIS ! » Lorsque viendra le désespoir, que ce soit-là le cri de bataille qui inspire votre esprit à poursuivre la lutte jusqu'à la fin.

Les gens qui vivent une vie extraordinaire sont simplement des gens ordinaires qui ont décidé de lutter pour quelque chose hors de l'ordinaire et qui n'ont jamais abandonné leur combat. Vous n'avez pas besoin d'être attaqué par un lion des montagnes pour découvrir la force intérieure qui vous habite. Vous êtes plus fort que vous ne le croyez. C'est pourquoi, rêvez grand et laissez ce grand rêve révolutionner votre vie et votre univers. Faites grandir votre esprit de guerrier. Préparez-vous tous les jours au combat en faisant le plein d'énergie. Ne capitulez jamais. Bien sûr, les défis sur la voie de la réussite sont énormes, mais le pouvoir logé en vous est encore plus grand ! Alors levez-vous et combattez pour obtenir une vie meilleure. La chose vous sera alors inévitablement accordée.

Et maintenant, le comment : ***la lutte***

1. Considérez-vous comme un guerrier qui n'abandonne jamais son rêve d'une vie meilleure.

2. Écrivez un mot à votre leader pour le remercier de n'avoir jamais abandonné durant les temps difficiles.

3. Rédigez votre propre version des paroles de Winston Churchill : « Nous ne nous rendrons jamais. » Donnez-lui le ton qui convient à votre vie et à votre rêve.

4. Lorsque confronté à des enjeux apparemment insurmontables, nommez votre nom et faites-le suivre des paroles suivantes : « [Votre nom], tu es plus fort que tu ne le crois. » Répétez la chose plusieurs fois, tandis que vous vous élancez vers l'avant dans un élan de foi, pour faire la preuve que cette affirmation est vraie.

Pour avoir rapidement du carburant : ***la lutte***

Il vous est impossible d'échapper à votre propre faiblesse ; il vous faut parfois lutter contre ses manifestations ou périr ; et si tel est le cas, pourquoi ne pas le faire maintenant, là où vous vous trouvez ? —*Robert Louis Stevenson*

Nous sommes doublement armés lorsque nous luttons avec foi. —*Platon*

Lorsque les femmes pleurent, comme elles le font maintenant, je vais lutter. Lorsque les enfants sont privés de nourriture, comme ils le sont maintenant, je vais lutter. Lorsque les hommes sont mis en prison, puis libérés, incarcérés à nouveau, puis libérés, comme ils le sont maintenant, je vais lutter. Tant qu'il restera un ivrogne, tant qu'il restera une pauvre fille perdue errant dans les rues, tant qu'il y aura une âme enténébrée et privée de la lumière de Dieu, je vais lutter, je vais lutter jusqu'au bout !
—*William Booth*

Ce qui compte vraiment, ce n'est pas nécessairement la grosseur du chien dans un combat, mais la détermination de ce chien à se battre jusqu'au bout.—*Dwith D. Eisenhower*

La victoire demeure toujours possible, tant que la personne refuse de baisser les bras. —*Napoleon Hill*

Vous pouvez vous coucher par terre et vous laisser mourir, ou vous pouvez vous relever et lutter ; il n'y a rien d'autre à dire – impossible de retourner en arrière. —*Jon English*

L'ennemi le plus dangereux que nous ayons à combattre est sans contredit notre apathie – l'indifférence, quelle qu'en soit la cause, qu'il s'agisse d'un manque de savoir, de la négligence, de la préoccupation associée à d'autres quêtes, du mépris engendré par la satisfaction de soi.
—*William Osler*

Personne ne mène plus rude combat que celui qui aspire à surmonter certaines tendances de sa nature.
—*Thomas Kempis*

Si vous luttez, il y a toujours la possibilité de perdre, à moins que vous ayez déjà perdu. —*Bertholt Brecht*

Chaque soldat doit savoir, avant de se rendre au front, la place qu'occupera le petit combat qu'il mène dans le plan d'ensemble, et comment les succès dans ses combats influenceront l'issue de la guerre en général.
—*Bernard Law Montgomery*

Toute entreprise fait appel à la volonté de parcourir le dernier kilomètre, de concevoir le dernier plan d'action, de supporter la dernière heure d'épreuve. Un esprit qui est prêt à lutter jusqu'à la fin constitue la caractéristique qu'il nous faut absolument posséder si nous envisageons notre avenir en vainqueur. —*Henry David Thoreau*

Atelier de réussite : ***la lutte***

1. Lorsque vous vous trouvez en plein combat, quelle est votre tendance naturelle – vous enfuir ou poursuivre la lutte ? Évaluez-vous sur l'échelle suivante :

   1 2 3 4 5 6 7 8 9 10

   Fuite .... Lutte

2. Remémorez-vous un temps dans votre vie où vous avez tenu ferme et finalement surmonté le défi auquel vous aviez à faire face.

   ____

   ____

3. Remémorez-vous un temps où vous avez abandonné – vous avez choisi la fuite – et pour lequel, avec le recul, vous souhaiteriez être plutôt demeuré ferme dans vos positions et avoir poursuivi la lutte.

   ____

   ____

4. Nommez trois personnes dans votre vie que vous admirez pour la fermeté et les qualités qu'elles démontrent dans le combat.

   ____

   ____

   ____

5. Quelles raisons pourraient vous pousser à demeurer ferme et ne jamais abandonner ?

   ____

   ____

Photo : Mark Lydell

Wes Beavis galvanise les foules venues l'écouter
à travers le monde depuis plus de vingt ans.
La passion qui l'anime est d'aider les gens
à améliorer leur productivité personnelle
et leurs résultats.

www.WesBeavis.com

Table des matières